NF文庫
ノンフィクション

必死攻撃の残像

特攻隊員がすごした制限時間

渡辺洋二

潮書房光人新社

はじめに

敗勢覆いがたく、正攻法では挽回の余地がない戦況に追いこまれた軍隊は、往々にして非尋常の手段をとる。日本軍が一〇ヵ月にわたって実施した体当たり戦法は、その典型であり極致だろう。体当たりには飛行機、水中艇（回天）、水上艇（震洋）が用いられたが、過半を飛行機が占めた。

格段に優勢な敵が相手だと、味方の飛行部隊は攻撃にうつる前に阻止、制圧され、撃墜されてしまう。また、たとえ好位置に到達できても、搭乗員／空中勤務者の技倆《ぎりょう》が低ければ爆弾は当たらない。

そこで、爆弾を付けたまま遮二無二《しゃにむに》目標（艦船が大半）に突進し、人機もろとも激突させる必死戦法の発案がなされた。高度な飛行は不要ゆえ、未熟者の操縦でも大戦果をあげうる、との判断である。昭和十九年（一九四四年）の夏、この戦法の採用は決定し、十月に入って初撃の人員が選ばれた。

フィリピン決戦が始まってまもなくの十月下旬、初めて組織的な体当たり攻撃が実戦に用いられた。特攻攻撃と呼ばれたこの非道の戦法には、長期におよぶ錬成も、高性能新鋭機も必要がない。志願とは名ばかりの半強制的採用法によって容易に要員を集められ、ありふれた機材をあてがえば、すぐに隊を編成できるところから、たちまち作戦の中心に据《す》えられていった。

二十年春から初夏にかけての沖縄戦は、民間人を巻きこんで悲惨をきわめた地上戦を除けば、日本陸海軍特攻機と米海軍機動部隊の闘いだったとも言えるだろう。

対艦特攻のほかに、性能差ゆえ撃墜が困難な超重爆撃機B-29に対する特攻隊も、十九年十一月に出動を始めている。武装、防弾装備を除去した軽量化機で、高空を飛ぶ敵にぶつかるのである。

敗戦までに海と空で突入した特攻機は、およそ二五五〇機。三九〇〇名の特攻隊員が散華《さんげ》した。一命を投げうって身を爆弾の誘導装置に代えた彼らの決意を、どうしても想像しないではいられない。

同時に、こうも考える。彼らは、必死攻撃に向かわせた者たちから可能な限りの配慮をなされたのか。また、本来なら救国の勇士として祭られ、崇《あが》められるべき彼らが、正当な処遇を受けた時期が戦後にあっただろうか。

脳裡に「否《いな》」の答えが強く現われる。

畏敬《いけい》の念を抱かれ、それなりの扱いを受けたのは当初の一時期だけだ。特攻機が増えるにしたがい、選出法と待遇は粗雑の一途をたどった。あとに続く、を連呼した特攻の発案・推進者、高級指揮官や参謀、一部の現地指揮官たちの言葉は、単なる言葉にすぎなかった。出身のギルドと階級を手形に生き残った者たちの多くは、恩給／年金を得、戦没特攻隊員にかたちだけの弔意《ちょうい》を示し、自己保身に終始して果てていった。

国難に殉じた英雄と仰がれるべき特攻隊員は、戦後ながらく一般国民から、悲惨な、あるいは特異な、さらには無意味な戦死者と見なされ続けた。そして、戦時中の飛行機乗り即ち特攻隊員とすら思いこまれ、実態のほとんどが忘れ去られてしまった。真の姿は、遺族や生存同期生の胸の中にしか存在しなかった。

天上の特攻隊員に尋ねたい。いかなる気持ちで死地へ赴《おもむ》いたのか、特攻とは何だったのか、を。だが返事を得られるはずはない。

彼らの真意を少しでも知るにはどうすべきか、航空史の筆者の立場でなにを表明すればいいのかを模索しつつ、四〇年にわたって取材をかさね、さまざまなアプローチの短編を綴《つづ》って今日《こんにち》にいたった。

必死攻撃の残像——目次

必死攻撃の残像

特攻隊員がすごした制限時間

元山空有情《げんざんくうじょう》
——送る者から見た金剛隊員

予備学生、元山に集う

昭和十九年（一九四四年）の秋に海軍が、特攻攻撃を戦法に採用し具体化を進めたとき、主要な人的供給源の一つに見なされたのが、実用機教程を請けおう練習航空隊に勤務する搭乗員だった。

海軍搭乗員のうち、操縦専修養成課程《コース》は三段階に分かれる。まず座学、すなわち地上教育が中心の基礎教程。次に「赤トンボ」と呼ばれたオレンジ色の複葉機に乗る中間練習機教程。そして仕上げが、専修機種別に旧式の実戦機を用いる実用機教程である。これらのどの教程でも、教育する組織は練習航空隊、略して練空《れんくう》と呼ばれた。

練空から搭乗員を抽出しても、即座には戦力への影響はない。インストラクターとはいえ、訓練教程を終えて間もない浅いキャリアの教官・教員だから、そのぶん重要度は低く、用兵側にとっては選びやすい存在というわけである。

そうした部隊の典型例が、朝鮮半島の北部東岸にあった元山《げんざん》航空隊だ。初代は十五年十一月に開隊の陸上攻撃機と艦上戦闘機の混成組織で、十七年秋には陸攻隊も艦戦隊も三桁数字のナンバー航空隊に変わったため、いったん「元山」の組織名はとだえ、一年半のちの十九年三月に、訓練部隊・大村空の分遣隊として復活した。機種は艦戦。分遣隊とは会社で言えば、本社に対する支社や出張所のような存在だ。

新編の大村空元山分遣隊に、深く関わったのが第十三期飛行専修予備学生。大学、高等専門学校、師範学校などの卒業者が応募し、十八年九月に五一九九名もが大量採用（それでも一〇倍もの競争率）された予学十三期は、操縦と偵察、そして少数派の飛行要務とに分かれ、四八五五名が全教程の卒業をはたす。ちなみに十九年五月末日付の少尉任官は四七五三名で、一期あたりの任官者数では、陸海軍を通じ最多を記録する。

よく知られるように予学十三期は、基礎教程（地上教育）が二ヵ月の前期組と四ヵ月の後期組に分かれる。前期組には、理数の教科を早くこなせる大学、高専、師範のそれぞれ理科系の卒業者が主にあてられた。

中間練習機教程を終えて、戦闘機（艦戦）専修を命じられたのは、前期学生三二九名、後期学生六八八名。このうち大村空元山分遣隊へは、前期一四六名が十九年三月に、後期一一〇名が五月に、それぞれ配属された。ただし、元山分遣隊ができたばかりで準備が整わないため、前期も後期も七月上旬までは大分空に間借りし、古い九六式艦上戦闘機を使って訓練していた。

五月末の任官で、飛行専修予備学生から飛行特修学生に呼称が変わった。元山における全教程の修業は、前期が八月二十八日（一四五名）、後期が十月十日（一〇六名）。元山分遣隊も八月十五日付で大村空から独立し、二代目の元山空に昇格した。

元山航空隊で訓練用機材の九六式四号艦上戦闘機に乗った須崎静夫少尉。第13期飛行専修予備学生の後期組だ。

卒業後、実施部隊や練空へ赴任していったが、前期のうち一五名は元山空の隊付《たいづき》兼教官の辞令を受けたため、隊門を出てすぐにUターン。後期にも同様のケースがあった。

このほか、他の練空で実用機教程を終えて、九月下旬〜十月中旬に元山空に着任し、教官配置につく予学十三期出身者がいた。

いずれにせよ彼らは第一〜第五分隊の分隊士に任じられ、予学十四期、甲飛予科練十三期、乙飛予科練〔特〕（特乙と略称）三期の新米教官として、二式練習用戦闘機および九六艦戦、零式練習用戦闘機および零戦に搭乗し、訓練にあたった。

必死戦法への意思表示

昭和十九年の九月に入って以降、米機動部隊がフィリピンに空襲をかけるつど、次の決戦場が同地である確率が高まってきた。その後、風雲は急を告げ、十月十八日にフィリピン決戦の捷一号作戦を発動。二十四～二十六日には比島《ひとう》沖海戦が展開され、神風《しんぷう》特別攻撃隊・敷島隊が二十五日に爆装零戦で米護衛空母に体当たりを敢行した。

それから一〇日たらずのちの十一月三日、元山空では兵学校出身者をふくむ士官次室《ガンルーム》士官の中尉、少尉が呼び集められた。十月二十九日の新聞で敷島隊の突入が報道され、必死肉弾戦法をとる特別攻撃隊の存在が知れわたっていた。

まず司令・藤原喜代間《きよま》少将が困難な戦況について説く。続いて飛行長・小川二郎少佐が「戦局打開のためには、一機で一艦を葬るしかない」と、特攻攻撃に言及し、熟慮のうえで志願するように伝えた。

このときのようすを記憶する土方敏夫さんは予学十三期前期組で、特乙三期出身の飛行練習生を教える第二分隊の分隊士。司令の部屋を三日間あけておくから、志願者は志願書を無記名の封筒に入れて机の上に置くように、と小川飛行長は述べた。

同じ十三期前期の一分隊分隊士、甲飛十三期を教える高鳥俊夫少尉の、意思表明のしかたは土方少尉と異なっている。「志願したい者は来い」との藤原司令の言葉を受け、司令公室に一人で出向いて志願を申し出た。「後顧《こうこ》の憂いはないのか」の問いに、「三男ですので、ありません」と答えたところ「分かった。君の志望を中央に連絡する」と言いわたされた。

元山空・第二分隊の分隊士兼教官。全員予学13期出身で、前列左から２人目はフィリピンで昭和20年１月６日に特攻戦死する小林秀雄少尉、４人目が特攻隊に大分基地へ付きそった土方敏夫少尉。特攻志願まで２〜３週間のころのスナップ。

小野清紀《きよみち》少尉は、大村空本隊で実用機教程を終えた十三期後期組。九月下旬に元山空に着任した。大村の第二十一航空廠へ零戦の受領に出かけていて、司令らの話を知らず、五分隊長の宮武《みやたけ》信夫中尉から内容を教えられ、念を押された。「強制ではないんだ。慎重に、よく考えて返事をしろ」

単身、司令公室へ出向いた小野少尉は、在室の藤原少将に口頭で「特別攻撃に参加させていただきます」と申し出た。このあたりの状況は高鳥少尉と同様である。

後期組で台湾の台南空から来た牧島（当時は阿部）金男さんの場合はまた違って、志願の印に司令に名刺を出したと言う。阿部少尉は九月

飛行場で13期予学の少尉たちに、左端の第五分隊長・宮武信夫大尉が模型を使って空戦の機動を教える。

下旬に台南空で決死隊に志願していたため、「やがて台南空から下令される。二度志願の必要なし」と却下された。

土方さんは当時の心境を、こう回想する。「特攻に行かねばならない情勢なんだな、本当は行きたくないが、というのが率直な気持ちでした。戦闘機乗りだから、空戦に勝つために訓練してきた。敵機と闘って火を噴くのは、腕が劣るのだから仕方がない、と自分なりに納得できるんですが」

『特攻を志願します』と書いた紙を封筒に入れて提出に行くと、司令の机上には一通も載っていなかった。のちに誰かが片付けたと分かったが、このときは「俺しか出さなかったのか。いささか早まったか」と複雑な心境だった。土方分隊士は翌二十年二月までに計三回、志願を表明したけれども、選に入ることはなかった。

「遅かれ早かれ戦死する身」。そんな割り切った気持ちで、高鳥少尉は熱望を表明したが、指名されなかった。彼が選ばれまいと考えていた長男や一人息子が、複数志願していると知ったのは、戦後が終わってからだった。

「戦局から特攻はやむを得ない。指名を受ければ躊躇《ちゅうちょ》なく出るつもりでした。自分一人だけなら耐え難いが、何人もが一緒なので、やれるとの感覚が強かったのでしょう」が小野さんの内心だ。

十二月なかば、殉職した予学十四期の通夜のおり、宮武大尉（十二月に進級）は小野少尉に「特攻をどう思う？」と語りかけた。

短軀《たんく》で武骨、垢《あか》抜けない分隊長は、実用機教程で元山に来た十三期前期組が、彼にとって初対面の予備学生たちだったので、肩をいからせガンルーム精神を叩きこもうとしたが、行きすぎて裏目に出、疎《うと》まれる始末。ようすが分かって後期組、とりわけ自分の分隊士には親分肌を見せ、小野少尉も好感を抱いていた。

通夜の酒でいくらか酔いがまわった宮武大尉は、言葉を続けた。「俺は特攻は反対なんだ。元来、戦闘機は敵機を落とすためにある。それが敵艦に体当たりするのは、用兵上の邪道だと思う」

指名を受けて

特攻隊員に選ばれた予学十三期出身者は、前期と後期を合わせて一四名。指名は大勢の士官たちの前で口頭でなされた。彼らの肩書きは第二〇一《ふたまるいち》航空隊付に変わっていた。二〇一空はフィリピンで特攻機を送り出している部隊だ。

指名を受けて雀躍《じゃくやく》という感じだったのが、永富雅夫少尉と井野精蔵少尉。永富少尉の机に血痕を見た、同室（二名で一室）の小野少尉が「やったな」と感じたとおり、『大熱望』としたためた血書を司令に提出していたのが分かった。

敷島隊の四日前に敵を求めて発進し、特攻出撃第一号になった大和隊・久納好孚《こうふ》中尉の戦死に対する、全軍布告の新聞発表は十一月十四日。飛行作業後、夕食までのひとときに私室で、法政大学の先輩の名を紙面に見つけた井野少尉は「先輩やったな！　よーし俺もやるぞっ」と決意の言葉を放った。

同期のなかで操縦技倆《ぎりょう》に秀でた好人物の吉原晉《すすむ》少尉は、ボート部出身で腕相撲が強く、酔って負けたとき悔しくて大泣きした逸話の持ち主。指名ののちは、同室の土方少尉にとって会話に窮してしまう思いだったが、吉原少尉は泣き言をいっさい言わず、ふだんと変わりなく過ごしていた。

出陣の宴会が、士官クラブに指定の興亜荘で催された。士官総出、仕切りの襖《ふすま》を取り払った大広間の床柱を司令が背負い、特攻隊員が上席に連なる。小川飛行長が乾杯の音頭をとった。特務士官で年配の整備主任・山下大尉が、芸者の三味線に合わせて小唄を披露するころには、酒も進んで、雰囲気は最高潮に達していた。

19年11月23日、元山空で初の特攻隊員が整列した。前列右端が福山正通中尉。答礼する司令・藤原喜代間少将と左端に立つ飛行長・小川二郎少佐。

司令の前に来て両手をつきお辞儀をした小林武雄少尉が「絶好の死に場所を与えて下さってありがとうございます。りっぱに使命を果たします」と礼を述べる。続いて山下省治少尉が正座して両手をついた。「このたびのご指名、ありがとうございます」

これを見て、ほかの特攻隊員も司令の前に集まり、「男子の本懐です」「お流れを頂戴します」と口々に言う。この時点では特攻指名を受ける者の方がずっと少なく、一機で四万トンの空母を沈めうる選ばれし搭乗員の誇りを、自覚するムードがないではなかったのだ。

尊皇を詠《うた》った藤田東湖の「正気歌《せいきのうた》」を、小林少尉が吟じ始めた。日ごろ部下に口やかましく、予備士官たちにも厳しく接した〝鬼瓦〟山下整備主任の両眼から、涙がポロポロ落ちた。

藤原司令も泣いていた。特攻隊員のお流れ頂戴の返盃のため、両手がふさがって拭《ぬぐ》えない。詩吟が終わるのを待って「君たち、犬死だけはするなよ」と語りかけ、それをくり返した。小野少尉には司令の言葉が「死ぬなよ」と聞こえた。

一四名の予学十三期を指揮する立場で、兵学校出身者からは七十一期の一分隊長・金谷《かなや》眞一中尉と七十二期の二分隊先任分隊士・福山正通《まさみち》中尉が特攻指名を受けた。

白皙《はくせき》、痩軀《そうく》長身の金谷中尉は明るくザックバランで、東京出身だから都会的センスを有し、兵学校教育の長所だけを備えた傑物。福山中尉もハートナイス（好漢）で、予備士官の立場をよく理解していた。つまり二人は、元山空の将校（兵学校、機関学校出身士官をさす）の人格ナンバーワンとナンバーツーと言ってよかった。

さらば元山

十一月二十三日が特攻隊員の元山基地出動のとき。午前九時、司令以下が飛行場に集合した。白布で覆った長机をはさんで、二十代前半の特攻隊員一六名と航空隊幹部との別盃が行なわれ、この間に、連なる格納庫を背にした長い見送りの列が作られた。

やがて左方向から滑走してきた零戦が、一機また一機と皆の前をすぎていく。五〇メートルほどの距離なので、垂直尾翼に書かれた機番号も、顔すらも見てとれる。先頭は愛用の水色マフラーを付けた金谷中尉。

井野機、永富機の番号を認めた小野少尉は、帽子を振りながら「さよなら、がんばれ！」

上：十一月二十三日午前、元山基地で格納庫前のエプロンに列線を敷いた特攻隊の零戦二一型。プロペラが回り、操縦席に搭乗員が入って発進指示を待つ。下：発進直前の特攻機の機内で笑顔を見せる金谷眞一大尉。十三期予学の少尉たちが敬愛した分隊長だった。

と念じた。一分隊の阿部少尉にとって「色白で美丈夫、スマートそのもの」の分隊長だった金谷中尉の零戦が、列機を率い、バンクしつつ南へ飛び去っていく光景は、彼の記憶に刻みこまれた。

　しばらくして、不調の長井正二郎少尉機がもどってきた。元山基地に一泊し、単機ふたたび「帽振れ」に送られて離陸にかかる。浮いてすぐ、長井機は主脚を収納した。操縦桿《かん》を持ちかえ、右手で脚上げレバーを急いで引く、戦地でしかやらない危険な操作だ。案の定、機が少し沈んだ（高度が下がった）が、その後は別状なく上昇していき、同期生たちをホッとさせた。

「あんな派手な離陸をするようじゃ、先が思いやられる」と、急機動とは縁遠い艦上攻撃機出身の小川飛行長を憤慨させたが、長井少尉には「先」などありはしなかった。

大分基地での実用機教程からいっしょだった土方さんは言う。「長井は操縦がうまかった。ちょっと見は大人しく目立たないが、利《き》かん気のところがありました。死に直面してヤケでやったわけではないでしょう。見送った同期が『最後だから技倆を見せたかったのでは』ともらした感想のとおりとも思えます」

一六機の零戦は岩国基地で爆弾架装着など特攻用の改修を施されたのち、大分基地へ移動した。このころには福山中尉をのぞく全員が進級し（十二月一日付）、金谷中尉は大尉に、予学の一四名は十三期で最も早く中尉に上がっていた。彼らの台湾進出をサポートすべく、元山で気象係将校を兼務する土方中尉（同じく進級）も別動で大分へおもむき、基地隊の通信室でデータをもらい天気図を作った。

台湾にいたる海域に低気圧がいすわって、一週間ほど出られなかった。この間、別府の旅館「杉乃井」に宿泊した特攻隊員は、毎晩ゆかいに酒を飲んで打ち興じた。同宿の土方中尉には、皆の覚悟がすっかり定まっているように感じられた。

彼らが南部台湾の台南基地に到着したのは、十二月十日前後ではなかろうか。神風特別攻撃隊・金剛隊の名称付与は、元山出発時に藤原司令から伝えられたとも、台湾到着以降ではないかともいわれる。金谷大尉が台南またはフィリピンで、指揮組織の第一航空艦隊あるいは二〇一空の司令部に提出した書類には、彼の筆跡で「新編特別攻撃隊元山中隊」と記入してある。

金剛隊は特攻隊名として、すでに存在し、十二月十一日にセブ島から、零戦六機の第一金剛隊が出撃する。

帰らざる一五名

マニラに近いニコルス基地から中部フィリピンへ飛んで、夜間の対艦船攻撃や地上攻撃を続けていた、一五三空《いちごおさん》・戦闘第八〇四《はちまるよん》飛行隊の分隊長・高木昇大尉が、夜間戦闘機「月光」の受領と新着搭乗員を連れに、台南基地に飛んできたのは十二月中旬。金谷大尉ら一六機の突入訓練が、さかんに進められていた。

ここでの訓練規定に用意されていたのは、エンジンを発動させて離陸し、空中で集合するまでを二日間。ついで編隊を組み、機動の変化に合わせるのが二日間。発進から編隊を整え、目標に接近する仕上げの飛行に三日間を使って終了、のパターンだ。基本的に、この一週間ののちにフィリピンへ飛んで、出撃待機に入る。

「もっと深く突っこまんとオーバー（日標を越えてしまう）になるぞ」。零戦の降下角が浅いので、訓練を見ていた高木大尉が独りごちると、そばにいた第一航空艦隊参謀の猪口《いのぐち》力平中佐が聞きとめて「しばらく残って指導してくれんか。君の隊へは、こっちから連絡しておく」と頼んできた。

高木大尉は頑丈な九九艦爆を用意させ、後席に同乗しての突入指南を引き受けた。元山からの予学十三期の面々の飛行時数は一二〇～一五〇時間。いつ事故が起きるか分からない危険な役目だが、セブ島やレイテ島、その周辺海域を戦死と隣り合わせで飛ぶ彼は、臆せず「どこで死ぬのもいっしょ」と考えた。

この訓練用機は、前席と後席に操縦装置を設けた、九九式練習用爆撃機一二型だったかも知れない。十二月一日付で解隊の台南空が、一定数を保有していたからだ。そうならリスクはいくぶん下がるが、殉職の可能性はなお充分にある。

腕がいい金谷大尉だけは艦爆訓練は不要。一五名を試してみると、全員がオーバーだった。機が浮いて、降下角を維持できなくなるのだ。そこで、機首上げ姿勢で失速に陥るとき、左右どちらか得意な方へ傾けて五〇～六〇度の降下に入れさせる。途中で機が浮きかかっても、三〇～四〇度で突入できる方法である。特攻隊員はコツを飲みこみ、顔を輝かせた。

予学九期の高木大尉は指揮所で、予学の後輩である〝臨時の教え子〟たちとよく話した。ある晩、大尉の宿舎に長井中尉がやってきた。兄を慕って訪《おとな》うような、懐かしそうな表情だ

元山空特攻隊員が台南基地で。手前左から小林秀雄、長井正二郎中尉。立つのは左から吉原晋、村上惇、井野精蔵中尉。左端奥は一航艦参謀・猪口力平中佐。高木昇大尉が写した。

った。性格がよく穏やかな彼を、高木大尉も弟のごとくに遇し、家や家族、日々のあれこれを楽しく話し合った。中尉の話しぶりには達観が感じられた。

十二月二十一日、高木大尉は着用のマフラーを広げ、親しくなった元山空の特攻隊員たちに、まもなく遺墨に変わるであろう寄せ書きを求めた。「空」（金谷大尉）、「必中」（山下中尉）、「唯祖国の栄光を祈りつつ」（高島清中尉）、「北の熊　今日ぞ忠死の撲《なぐ》り込み」（富澤幸光中尉）、「唯死」（磯部豊中尉）など、居合わさなかった吉原中尉を除く一五名の筆跡が残された。

いまや縁浅からぬ一六機の零戦を誘導して、高木大尉の「月光」は三十日にバシー海峡をルソン島へ向けて飛んだ。帰還時に付加された、臨時の任務である。途中から断雲が出始めたため、大尉は雲中飛行時の零戦のアクシデントを懸念して台南に連れもどり、翌日の大晦日《おおみそか》に再発進。マニラ北西のクラーク基地

マバラカット飛行場で爆装の零戦二一型に特攻隊員が乗りこむ。あと1～2時間後には目標に向けて突入するのだ。航空隊の幹部の多くは命令と訓辞だけで生き残った。

群のマバラカット東飛行場までの誘導を、無事に果たした。

フィリピンの航空戦は、すでに最末期だった。特攻・金剛隊はこのとき、筑波空や大村空からの人員による第一～第十七までのうち一一個隊（残る六個隊は未遂）が、セブ島やマバラカットなどから出撃、突入していた。

フィリピンに来た金谷大尉以下の一六名は、数日中に臨戦態勢に入り、分けられて次々に隊名を与えられ出撃命令を受ける。

昭和二十年一月五日に金谷大尉、長井中尉、井上啓中尉が第十八金剛隊、六日に福山中尉、山下中尉、永富中尉、富澤中尉、磯部中尉が第十九金剛隊として各々マバラカットから、吉原中尉、廣田豊吉少尉が第二十二金剛隊でアンヘレスから、九日には村上惇中尉が第二十五金剛隊でツゲガラオから発進し、帰らなかった。

どの隊も他部隊からの搭乗員との混成で、特攻隊員の心情に配慮した扱いとは見なせない。同じ部隊から来た仲間同士、そろっていっしょに突入したいのが人情ではないか。

これらルソン島の基地とは違って、高島、井野、小林武雄、小林秀雄の四中尉は、セブ島東岸のセブ基地に進出した。大晦日か元旦の朝のことと思われる。

セブには高木大尉の上官、戦闘八〇四飛行隊長の川畑榮一大尉がいた。わずかな機数の「月光」で夜間銃爆撃を続ける戦闘八〇四の分隊士・依田《よだ》公一少尉は、心服する川畑飛行隊長のかわりに、未帰還が濃厚の作戦飛行にも率先出動を心がけた。

20年元日、迷彩されたセブの領事館で。座るのは右から井野精蔵中尉、戦闘第八〇四飛行隊長・川畑榮一大尉、戦闘八〇四要務士・高崎少尉。立つのは右から高島清中尉、小林秀雄中尉、戦闘八〇四要務士、戦闘八〇四偵察員・依田公一少尉。

依田少尉も予学十三期なので、高島中尉たちと互いに親近感を抱くのは当然だ。また夜間戦闘機の偵察員として、対照的な立場の彼ら零戦操縦員に、特攻訓練の内容や零戦の特徴などを質問。生命を捨てて国を救おうとする心境に、強い感銘を受けた。

マニラやクラークから遠く離れたセブ基地では、独自の判断で特攻機を投入した。元山からの金剛隊員の先陣を切って、一月三日に高島中尉と井野中尉が出撃して突入。両小林中尉は六日に離陸し、散華した。ルソンの特攻隊の出撃と連係しないため、彼ら四名には金剛隊の最終番号である第三十がのちに冠せられた。

セブでも根拠地隊司令官以下の職員や搭乗員、整備員が飛行場にならび、帽子を振って壮行を見送った。敢然と死地へ向かう爆装零戦特攻機。依田少尉の網膜に忘れ得ぬ情景が焼き付いた。

「特攻隊員の決断と行動に感謝あるのみです。今日《こんにち》あるのは、あの方々のおかげです。最高の敬意を表したい」。依田氏のこの言葉に、筆者は一〇〇パーセント同意する。

元山基地で見送った高島さんは戦後まもなく、東京・築地の本願寺で同期生の慰霊祭が催されたおり、元山空からの金剛隊員一六名のうちただ一人生き残った郈井《むらい》弘氏に出会った。フィリピンで出撃後に不時着し、陸軍兵に助けられて帰国できた、と郈井氏は語った。その邂逅《かいこう》ののち彼の行方《ゆくえ》は知れず、高島氏は再会する機会を得られないまま、今日に至っている。

敵もまた祖国

――アメリカでの一五年、日本での九年

やってきた剣道ボーイ

昭和十八年（一九四三年）八月の炎天下。北海道・千歳の飛行場で若者の一団が、誘導路の整備に従事していた。東京商科大学（いまの一橋大学）の学部在籍者たちによる勤労奉仕である。

首に手ぬぐいを巻いてトラックを運転する男も、同じ東商大の学生だ。現在とは大違いで、運転ができる者はごく希《まれ》。彼は名を松藤大治《おおじ》といって、日系のアメリカ人だった。

関東大震災のちょうど二年前の一九二一年（大正十年）九月、大治青年はカリフォルニア州サンフランシスコに近いサクラメント市に生まれた。両親は日系一世。艱難《かんなん》をのり越え、一五〇ヘクタール（一・五平方キロ）の農園を経営するところまできた。

地元のジュニア・ハイスクール（三年制。現在の日本の中学に相当）に通うかたわら、日本語学校で学んでいた大治少年は、ボーイスカウト活動のほか、剣道に打ちこみ、またトランペットを巧みに奏する多能ぶり。運転は農園のトラックで覚えたらしい。

十五歳の誕生日が近づくころ、日本の中学への進学を希望した。できるなら子供に祖国で教育を受けさせたいのが、日系一世に共通の願いだ。松藤家の財力には過負担ではあったが、父君のイワオ氏は「なんとしても」と気持ちを固めた。

居留先は福岡県の田園地帯にある、母・ヨシノさんの実家。一九三六年（昭和十一年）九月にジュニア・ハイスクールを卒業ののち、来日した大治少年を、浦《うら》さん一家は暖かく迎えた。このとき彼は米国籍だったが、日本国籍を取得し（時期不明）、二重国籍者に変わる。

中学二年の編入試験に合格、昭和十二年（四月？）に通学を始めた。サクラメントの日本語学校で答辞を読んだように、成績と品行に優れ、かつ運動でも活躍して、やがて級長に選ばれた。

四年のとき、担任が東商大への進学を勧めた。外交官はここの出身者が多いからで、日米両国を祖国とする生徒にはぴったりのコースとも言いうる。大治少年も関心を抱いて四年修了時の十五年に東商大予科（旧制高校に該当）を受験（旧制中学は五年制だが早期受験できた）し、首尾よく合格した。

「中学に（剣道大会の）優勝旗をもたらすため、受験を一年待ってもらえないか」と校長に

東京商科大学・井藤教授とゼミナールの学生たち。２列目左端が松藤大治青年。体格のよさを知れる。背広の教授の右に立つ士官は、海軍から委託された選科学生の主計少佐のようだ。昭和17年10月に撮影された記念写真。

引き止められたというから、腕前のほどが知れよう。

すぐに東商大の剣道部に入る。身長一七五センチのがっしりした体格、発達した運動神経と、かねて鍛えた技があいまって、早くも予科一年から大学対抗戦に出場した。

同級生で、やはり辣腕《らつわん》選手だった杉本一郎さんは「松藤はファイト充分な頼もしい男。面と抜き胴が得意でした」。稽古に励んでやがて四段に昇段。検定がシビアな時代だったから、いまなら六段相当ではないか、と杉本さんは回想する。言葉については、こなれきっていない部分が若干あったが、日本人であることに誇りを持っていたという。

予科受験をはさんだ二年間、母堂と弟が来日し同居した。それは嵐の前の幸せな期間だった。二人が帰米してややたった十六年十二月、太平洋戦争が始まり、状況は暗転する。

在米の日系人は開戦直後に強制隔離、収容所に抑留され、松藤夫妻は子息への仕送りが不可能な状態におちいった。二十歳の大治青年は剣道場に出なくなり、学費と生活費を得るため家庭教師などのアルバイトに時間を割いた。

休暇で福岡県の浦家にもどったとき、彼は戦争の将来を見通して「資源がない日本は負ける」と語ったそうだ。米日両国に暮らしたうえでの、まさしく実感だったに違いない。

学生が海軍軍人に変わる道

戦時なので三年制の予科は半年短縮され、昭和十七年九月に終了。戦争はガダルカナル島攻防戦がたけなわで、天王山を迎えていた。ここから始まる学部（東商大は単科）は本来なら三年間だが、一気に短縮される事態が一年後に待っていた。

十八年十月初めに公布の在学徴集延期臨時特例により、理工系以外の学生の徴兵猶予《ゆうよ》が撤廃されたのだ。十一月にかけての臨時徴兵検査の身体測定で、甲種、第一および第二乙種とされた九万八〇〇〇名のうち、一万八〇〇〇名が海軍入隊を命じられた。

徴兵検査のおり、陸軍の佐官が担当する徴兵官に、陸軍か海軍かの希望を述べることができた。それがどんなぐあいだったか、大治青年と同じ部隊ですごす四名の例をあげてみよう。

角《すみ》良一さん（中央大学・法学部）「ムード的に海軍が好きでした。海軍を希望しますと答えましたが、文句は言われなかった」
大之木英雄さん（東商大）「陸軍へ来るだろうと問われ、海軍ですと言ったら気分を害された。『出身地が（鎮守府の置かれた）呉ですので』と付け加えると納得されました」

徴兵猶予が撤廃されて文科系学生は学窓を離れる。18年10月21日には明治神宮外苑の競技場で出陣学徒壮行式が催された。

田中達雄さん（関西大学・経済学部）「重い鉄砲を持つのはかなわん、というのが正直なところ。『どっちだ？』『海軍の方がいいです』『そうか』だけですみましたね」

村上道隆さん（九州大学・法学部）「ヨット部でしたし、海軍志望。高校時代の親友の兄が戦闘機乗りでハワイ攻撃に行ったことも影響しました。やせていて陸軍向きの体格ではなかったのか、クレームなしでした」

無論もの分かりのいい徴兵官ばかりではない。海軍希望者が続くと怒り出す者もいた。

海軍入隊組の大半は、海軍を望んだ者たちだったようだ。大治青年もそのなかの一人だったと推定できよう。

一万八〇〇〇名は十二月十日、四ヵ所の海兵団に入団し二等水兵。五五四二名が搭乗士官要員に合格し、十九年二月一日付で大学学部在籍者（少数の卒業在隊者を含む）三三三四名が第十四期飛行専修予備学生に、また大学専門部、大学予科および高等専門学校在籍者二二〇八名は、新設の第一期飛行専修予備生徒に採用された。

同じ大量採用でも志願入隊の予学十三期に比べ、徴兵入隊、水兵を経験、特攻要員主体などの理由から、第三者は予学十四期にはなんとなく厭戦《えんせん》的、反軍的なイメージを勝手に抱きがちだ。十三期の遺稿集『雲ながるる果てに』と十四期の『あゝ同期の桜』の内容差が、それを強めたとも言えるだろう。

だが、この括《くく》り方は誤りだ。イメージどおりの人々も大勢いただろうが、異なる思いの人も少なくなかった。前出の四名をみても、角青年は十三期の募集を知ったのが遅く、応募法が分かったときは期日を過ぎてしまっていた。ほかの三名は、せっかくの学業を切りのいいところまで、と考えて志願の機会を見送ったが、戦争や軍隊を拒否する気持ちはなかった。大之木青年の場合そもそも海軍ファンで、実兄が十三期出身の戦闘機乗り。徴兵検査時にいきなり兄と同職を希望したほどだ。

大治青年は予学十四期のなかで、まったく特殊な立場だった。東商大に進学後、将来を問う母親に「日本の駐米領事になって、両国のために働きたい」と答えた彼にとって、祖国同士の戦争に学業を中断して加わることが、どれほどの重さであったかは測り難い。

潤沢とは言えなくとも金銭の支援を続けてきた浦家は、長崎県の相浦《あいのうら》海兵団に入団のさい、日本刀を贈って大治青年を感激させた。母の郷里たる役目を十二分に果たした家族への、彼の出陣の言葉には決意があった。

「生命を投げうって、祖国のために頑張ってまいります。男子の本懐、これに過ぐるものはありません」

一語一語に白い息が出る寒い日。かつて「日本は負ける」と言っていた人間の変わりように、従姉妹《いとこ》の浦梅子さんは驚かされ、感じ入った。

零戦で空を飛ぶ

予学十四期のうち飛行専修を命課された約二三〇〇名（残る一〇〇〇名は地上勤務の要務予学に）は茨城県の土浦空に入隊。十九年五月下旬まで、座学主体の基礎教程を四ヵ月近く学んだ。

続いて、空を飛ぶ術科教程。操縦専修のうち九〇〇名が陸上機を命じられ、四個航空隊に分かれて、中間練習機教程に入った。松藤大治予備学生は、最多の四一〇名が配員された出《いず》水《み》空だった。

一個分隊約七〇名の六個分隊編成で、松藤学生は第二分隊員を命じられた。角学生と村上学生は同じ分隊だが、背が高いほかは彼の印象がうすい。穏やかで無口な性格ゆえではなか

19年9月、出水航空隊で昼間練習機教程を終えた第14期飛行専修予備学生。第二分隊総員で、最後列の左端が角良一学生。松藤学生も中にいるはずだ。

ろうか。

赤トンボと呼ばれた九三式中間練習機を用いて、飛行時数およそ一〇時間ほどで単独離着陸に移行。編隊飛行、特殊飛行もひととおり実施して、三五回前後、合計で五〇時間ほど飛んだ。これは十三期とほぼ同じ乃至《ないし》は若干多いが、少数採用の十二期までと比べると四〇～五〇パーセントでしかない。とはいえ中練教程の段階では、まだ訓練状況にイレギュラーな部分は感じ取れなかった。

赤トンボの訓練が仕上がりに近づいたころ、希望の専修機種を申し出る機会があった。単座で、敵機と直接わたり合える戦闘機が、彼らの一番人気なのは、兵学校や予科練出身者の場合と変わらない。前述の四名はみな戦闘機搭乗を望んだ。

一対一で技を競い、相手の隙をついて竹刀を打ちこむ剣道は、戦闘機の格闘戦に類似する。実際、空戦の三分間の疲労は、剣道の試合の三分間の疲労に等しい、と述べるベテラン搭乗員もいる。剣道に秀でた松藤学生が、みずから戦闘機をめざしたのは想像に難くない。

制空権が戦局を左右したから、予学十四期の操縦の実用機教程における戦闘機専修は、各機種中で最多の四三〇名（陸上機操縦専修者の半数に近い）を占めた。出水空での中練教程修業者のうち戦闘機は筑波空と元山《げんざん》空に分かれ、後者への配属は一三七名。このなかに松藤学生がいた。

平壌とほぼ同じ緯度、朝鮮半島東岸に位置する元山航空隊は、十九年八月に大村空・元山分遣隊を改編、拡大した訓練部隊だ。

九月二十八日に出水空を退隊し、関釜連絡船と鉄道を乗り継いで、三十日に元山に到着。訓練機の空中接触事故を目撃し、その日のうちに教官／分隊士たちから「気合を入れる」と称しての修正（殴打）に見舞われた。

彼ら学生隊は第一と第五の二個分隊に分けられた。第一分隊七〇名の分隊長は長身、白皙《はくせき》で高い人格の金谷《かなや》眞一中尉、第五分隊の分隊長は短軀でクセが強い宮武信夫中尉。ともに海兵七十一期の出身だった。

隊舎の二階が学生舎。通路をはさんで南側が一分隊、北側が五分隊に分かれ、考課表が優秀な松藤学生は五分隊の学生長に指名された。一分隊の大之木学生は同窓（一年先輩）なので、ちょくちょく話したが、二世とは気付かなかった。それだけ日本語が上達していたのだろう。

元山空当時の松藤大治少尉。

飛行作業は十月上旬のうちに始まった。複座の零式練習用戦闘機（零練戦、練戦と略称）の離着陸同乗五回を皮切りに、垂直旋回、失速反転など各種の特殊飛行同乗、編隊同乗、追《つい》躡《じょう》攻撃同乗、基本攻撃同乗と、科目ごとに教官・教員のリードを受け、ワンテンポずつ遅れるかたちで単独での操作を訓練していく。

この間の十二月二十五日付で少尉に任官。同時に予備学生ではなくなり、呼称が十四期特修学生に変わった。

機材は単独に移行しても零練戦が主体で、零戦二一《にいいち》型が補用された。どちらも中練より格段に高速で、耐Gにより眼前が暗くなるブラックアウト現象も経験したが、誰もが優秀な飛行特性に魅せられた。半面で、学生同士の互乗で無理な操作が災いしての、墜落事故での殉職者も出た。

予学十三期出身の小野清紀《きよみち》少尉が、松藤少尉の担当教官だった。零練戦の後席で感じた技倆に「操作は抜群、判断は優秀」の高評価を与えた。中練に五〇～六〇時間乗っただけだろうに、ときとして教官もおよばぬほどの操縦ぶりを示すとは。

学生長だったから、訓練飛行の打ち合わせや指示を伝えるため、小野少尉にとって話す機会も多かった。言葉の調子や返答におかしな部分はなく、アメリカから来た二世とはいささかも思わなかった。

十四期の少尉たちが訓練を受けた特殊飛行には、難度が高い緩横転や、曳航標的（吹き流し）への射撃訓練を含んだのだから、彼らをちゃんとした戦闘機乗りに育てる努力が、まがりなりにも継続されていた。二十年の二月中旬までは。

必死搭乗員に決められた

人間を爆弾の一部に変える特攻攻撃の波が、初めて元山空に打ち寄せたのは十九年十一月二十三日だ。一分隊長・金谷中尉（八日後に大尉）は同日、予学十三期出身の少尉たちと元山を発ち、フィリピンに進出。二十年一月五日、第十八金剛隊長として輸送船に突入、散華した。

一ヵ月半のちの二月二十一日、飛行作業の指揮をとっていた、後任一分隊長を兼務する飛行隊長・蔵田脩《おさむ》大尉のところへ、庁舎から電信員が電報を届けにきた。文面を読んだ蔵田大尉は緊張の表情で、五分隊長・宮武大尉に歩み寄る。すぐに飛行作業は中止され、全機着陸後に「解散」が告げられた。

翌日二十二日の午前八時、総員集合。司令・青木泰二郎大佐から「皇国の危急を救わんがため」練習航空隊を解散し新戦力を作り出す旨の訓示があり、飛行長・小川二郎少佐が学生分隊の編成変えを発表した。

それまでの一分隊は第一、第二分隊に。五分隊は第五、第六、第九分隊に。つまり二個分隊が五個分隊に細分化された。そして、新たな第五、第六分隊は特攻隊だった。

海軍の作戦面のトップ組織・軍令部は二月四日、練習航空隊の戦力化を策定。これを受けた連空総隊司令官は、二月十八日以降の特攻訓練開始を麾下《きか》の各練空に下令した。主対象搭乗員は予学十三、十四期、予備生徒一期出身者と、予科練出身の飛行練習生だ。その結果が、元山空では二十二日の訓示、発表に直結したのだ。

谷田部空、筑波空など他の練空でも、同じころに特攻隊員が募《つの》られた。だがそのさい、多分に形式的とはいえ「熱望」「望」「否」を紙片に書いて提出する、意思表示の機会が用意された。実施部隊でも、同様、あるいは申告などの方法を採っている。もちろん拒否は精神的にも環境的にも、きわめて困難ではあったが。

これらに比べ元山空では、いっさい意志を問わない一方的な人選がなされ、個人的な打診すらなかった。陸海軍全体を通じても希有《けう》なこの対処は、まさに異常で神経を疑う。分隊長一任だった、と回想する兵学校出の元分隊士もいる。いずれにせよ司令から分隊長までのあいだで決められたわけである。

前年十一月の選出のさいは、隊員の申し出を前任司令が逐一検討し、中央に通知ののち、指名がなされた。この大差は、特攻に対する感覚の劣化だけが要因とは思いにくい。

宮武大尉の旧五分隊が特攻指名を受けたのは、前回に金谷・旧一分隊長が出ているから今度は、と定められたのではないか。特攻隊の編成は、新五分隊が分隊長・宮武大尉、予学十三期五名、十四期一八名。新六分隊が分隊長・田中杔《つとむ》中尉（分隊士から昇任。海兵七十二期）、十三期六名、十四期一九名。下士官兵はいなかった。

特攻隊員の集団である以上、作戦部隊も同然と見なされて、五分隊を第一中隊、六分隊を第二中隊と称した。隊名は楠木正成の精神たる「七生報国《しちしょう》」にちなんだ七生隊。新旧両五分隊に属した松藤少尉は、それゆえに第一中隊に入っていた。

角少尉も特攻隊の指名を受けた。すでにフィリピン戦で十三期の特攻隊員がつぎつぎに出撃したから、自分たちも当然続くものと思い、一方的な決定にも不服はなかった。まもなく、兵籍番号の違いから、姓が同音の鷲見《すみ》敏郎少尉との間違いと分かった。それでも遅かれ早かれ自分も行くのだからと、特別な感慨を抱かなかった。「死の恐怖から騒ぐような同期の特攻隊員はいませんでした」と角氏は証言する。

沖縄の海に散華して

七生隊員は零戦二一型か零練戦の専用機を与えられた。他の特修学生たちは制空隊員と地上勤務隊員（司令部付、陸戦・対空機銃の指揮、囮機《おとり》作りなど）に分けられ、七生隊員の飛行作業をながめてすごさねばならない日が増えていった。

特攻訓練はすなわち突入訓練だ。元山湾内に停泊中の貨物船を目標に、緩降下で突進する機動をくり返す。地上作業では、写真と模型で敵空母の艦型識別に時間を費やした。

松藤少尉の心境はどのようだったのか。

浦家の当主・春雄氏へ宛てた手紙に「最後の最後まで頑張ります」「尚、御返事不用」「別紙の方々と何時《いつ》でも連絡（手紙にて）出来るやうにしておいて下さる様」などと特攻を感じさせる部分がある。

「日米決戦」「敵の焼夷弾に」と書くとき、彼の精神は日本人になりきっていたのか。末尾の「気候不順の折」から、三月に出されたものらしい。

沖縄決戦は三月下旬に入って確定的になり、七生隊の出動まぢかを誰もが知った。

二月初めに喀血《かっけつ》し、入室（隊内入院）していた村上少尉のベッドの横に、七生隊員の岡部平一少尉が見舞に来た。かつては同じ五分隊。いまは立場がまったく異なる相手に、村上少尉は言葉のかけようがない。岡部少尉は文庫本の万葉集を残していった。

その中に「イサギヨク散リテ果テナム春ノ日ニ我ハ敷島ノ大和桜子《サクラコ》」と書きこんであった。村上少尉は返歌「共々ニ散リテ果テナムト思ヒシニ翼折レニシ我ハ桜子、我和ス」を書き添えたが、岡部少尉（のち第二七生隊）が読む機会は訪れなかった。

七生隊・第一中隊の出動予定の四月一日は、恒例の春の黄砂で流れた。第一、第二中隊各一二機、後続の第三中隊二六機に編成を変えたのが四月二日。ふたたび黄砂のため出動を妨《さまた》げられた三日、特攻隊員に夜間の特別上陸（外出）が許可された。

微醺《びくん》をおびて上陸から学生舎にもどった松藤少尉が近寄り、こう言った。「大之木少尉、今日は娑婆《しゃば》に思い残しのないよう、徹底的にやってきたよ」

なにを、どう徹底的にやってきたのかは分からない。分かっているのは、明日は死地へおもむく事実。やたらな激励など無意味だ。読んでいた本を閉じた大之木少尉は三〇分ちかく、大学の思い出のような話題で語り合い、「まあ元気でな」と握手した。

話の途中から「大之木少尉」ではなく、「ノギさん」と先輩への呼び方に変わっていた松藤少尉は、なにか言いたげな表情だったが「うん」とだけ答えて、自分のベッドへ向かった。

行李《こうり》を取り出した松藤少尉が、品物の整理や書きものをする姿が遠くに見えた。遺書を書いているのか、と大之木少尉は思った。彼はいまだ、松藤少尉が二重国籍の日系二世とは知らなかった。

同窓で1年先輩の同期生・大之木英雄少尉。後ろの機は「雷電」一一型。

四月四日、黄砂は吹かなかった。午前八時十五分、搭乗員整列。九時の別盃《べっぱい》式に続いて、青木司令の訓示がなされた。特攻隊員は零戦二一型と練戦に乗りこみ、残留の隊員たちが帽子を振って見送るなかを、一中隊、二中隊の順に発進にかかる。零戦機上の松藤少尉は、

上：20年４月４日、二度目の別杯式を終えた七生第一、第二中隊員が画面右側にならんだ。一種軍装で挙手する司令・青木泰二郎大佐の正面に宮武信夫大尉が立つ。下：七生隊が乗る零戦二一型と零練戦一一型の列線。これから特攻隊員が搭乗し、元山空から鹿屋基地をめざす。４月４日撮影。

割り切ったような、いい笑顔を見せたという。

見送る立場の田中少尉は、死ぬ場所を見つけて行く彼らが、むしろ羨《うらや》ましかった。自分もあとに続くことを、いささかも疑わなかった。

昭和20年の日本軍の主力兵器は特攻機である。航空総攻撃・菊水一号作戦の４月６日、特攻機が米空母「ベニントン」の至近に突入した。松藤少尉の鹿屋出撃、散華もこの日だった。

離陸後ややたって一機が墜落。さらに不調機があいつぎ、一一機が元山基地へもどっていった。飛行を続けた機は中継の釜山基地で泊まり、翌五日の朝に出発する。中練を学んだ懐かしい出水基地の上空を航過し、目的地の鹿児島県鹿屋《かのや》に着陸した一三機のなかに、松藤少尉の二一型があった。鹿屋は沖縄決戦・天一号作戦の最大基地だ。多数の特攻機が集まっていた。

ひんぱんな空襲を避けるため、基地から離れた小学校が宿舎にあてられた。五日の午後七時、第五航空艦隊司令部の作戦主任から、明日開始の菊水一号作戦について説明を受ける。沖縄が基地化される前に敵艦船に痛打を与える、特攻主力の航空総攻撃である。

第一七生隊と命名された元山空特攻隊は、六日午後一時五十五分に鹿屋から出撃を開始した。走行時の事故機一機を残し、一二機は進撃を続けて、沖縄北端の東方一六〇キロの機動部隊に接近。三時四十六分から「敵機発見」「敵艦隊発見」の略符、「突入中」の長符が送られてきた。

帰還機はゼロ。この日、海軍、陸軍は合計三〇〇機（進撃未遂機を含む）の特攻機を送り出し、撃沈六隻、撃破二一隻（連合軍側記録）の戦果を得た。


祖国の乗機で祖国の艦船に突入した、松藤少尉の心境を知るすべはない。

四八年後の平成五年（一九九三年）七月、大之木さんはロサンジェルスで母堂ヨシノさんに面会した。

「国の大事に大治があやって死んでいくのは当たり前。大治は立派なことをして死んだと思います。そうでしょう」

大乃木さんは反射的に「はいっ」と頭を下げた。

その三年後、ヨシノさんから届いた手紙は「大治生前より今尚《いまなお》皆々様には御はいりょいただきまして有りがたく米国の地より厚く御禮《おんれい》申し上げます」（原文のまま）と結ばれていた。

死地へ飛ぶ「天山」

——特攻戦死ペアへの誤り

埋もれていた特攻戦死者

平成十八年（二〇〇六年）の十一月なかばに、大ぶりの封筒が届いたのが発端だった。差出人は第十二期甲種飛行予科練習生出身の宮本道治《みちはる》さん。第九三一《きゅうさんいち》航空隊直属の艦上攻撃機隊の電信員で、この部隊の記事を書くさいに大変お世話になった。

封筒の中には神風特攻・菊水部隊天桜《てんおう》隊の作戦状況をつづった戦闘詳報のコピーがあり、それが海田《かいだ》武氏から送られたものであることが、同封の手紙に述べられていた。

昭和二十年（一九四五年）四月六日に特攻戦死した第一護皇白鷺《しらさぎ》隊員・海田茂雄少尉（戦死後に大尉）の、実弟である海田氏は、兄の功績を知る糸口を宮本氏の著作『沖縄の空』から得られたことに感謝していた。艦攻特攻隊（大半は九七式《きゅうなな》艦上攻撃機。一部が新型の「天山」を装備）に関する資料を追う海田氏は、新たな戦闘詳報二通を発見し、参考資料として

右：突入戦死だが、誤って不時着事故に扱われた特攻「天山」の電信員・松本傳三郎二飛曹。左：同じ「天山」の操縦員・伊藤正士一飛曹。航空局が管轄する乗員養成所の出身であった。

宮本さんへ送った。

著作の不明部分を埋める戦闘詳報の内容のうち、宮本さんを最も驚かせたのは、予科練の偵察分隊で同班になり、大井航空隊の飛行練習生教程でも同じ分隊だった松本傳三郎《でんざぶろう》二飛曹に関する記述である。

松本二飛曹が電信員を務める経塚《きょうづか》司郎少尉機・「天山」艦上攻撃機は二十年四月十六日、天桜隊として午前六時三十分に鹿児島県大隅半島の串良《くしら》基地を発進。しかし西南西へ六五キロ、薩摩半島南端部の枕崎付近に不時着し、ペア（同一機に乗り合う複数搭乗員の呼称）の三名は突入未遂で戦死した。このため特攻戦死者の布告から除かれ、通常の一階級ずつの進級にとどまった。経塚少尉と松本二飛曹については、同期生会もこの処置をかねてより確認していた。

海田氏が見つけた同日付の『九三一部隊戦闘詳報第二号』（この時点で天桜隊は九三一空司令の統括指揮下に含まれていたため）には、まったく異なる記載があった。

すなわち操縦・伊藤正士一飛曹—偵察・経塚少尉—電信・松本二飛曹が乗る第三小隊二番機は、午前六時四十二分に串良を出撃し、九時三分「戦艦に体当たり」を示す無電の長符を送信した。電鍵《キー》を押しっぱなしの長符は二分後に絶え、戦艦に突入の戦果と確定された。経塚ペアは間違いなく、二階級特進（士官の場合）、あるいは少尉特進（下士官の場合）の特攻戦死に該当する。

彼らに代わって特攻戦死者とされたのは、喜界島《きかいがしま》（奄美大島の東方）周辺を航行中の機動部隊に薄暮雷撃（通常攻撃）をかけるべく、同日の午後五時すぎに串良を出た、攻撃第二五《ふたごお》一《いち》飛行隊の「天山」のペアだった。新発見の右記戦闘詳報によれば、この機は午後七時十分に音信を絶ち、「夜戦ト交戦、自爆セルモノ如シ」と推測されていた。

1	少尉 丸毛英美	二飛曹 林照次郎	二飛曹 安達毅	発動機不調引返ス
2	一飛曹 伊藤正士	少尉 経塚司郎	二飛曹 松本傳三郎	戦艦ニ突入
1	上飛曹 福山龍治	少尉 小林啓吉	上飛曹 只野岩次郎	戦艦ニ突入
2	一飛曹 小澤栄治	上飛曹 内藤克己	上飛曹 坂野孝	不時着重傷

九三一部隊戦闘詳報第二号のうちの第二天桜隊編成の一部。伊藤—経塚—松本ペアは「戦艦ニ突入」と明記してある。突入搭乗員は菊水部隊天桜隊の名称で布告されたが、九〇一空からの福山—小林—只野ペアだけは単に天桜隊として別立ての布告だった。

同じ時刻に奄美西方の空域で、米空母「ヨークタウン」を発艦した第9戦闘飛行隊のトーマス・H・リガン中尉機（おそらく夜間戦闘機型のグラマンF6F-5N「ヘルキャット」）が、「天山《ジル》」一機の撃墜を報じた。これがその未帰還機だったのは、まず確実だろう。また、天桜隊の第四小隊二番機はなにかトラブルを生じたようで、枕崎に不時着し、搭乗員は重傷を負った。同機の状況が、経塚機の誤った最期に〝代入〟されてしまった可能性は少なくない。

特攻戦死から不時着戦死に変えられ、不時着場所まで勝手に作られた、重大な間違いはなぜ起きたのか。

戦闘詳報の記述は正しい。これが海軍省功績調査部へ送られてから、ミスが発生したに違いない。その要因は、経塚ペアは天桜隊の、入れ替わったペアは薄暮雷撃隊の、それぞれ第三小隊二番機だった（しかも両機の操縦員が、逓信省管轄の飛行組織を出た少数派の同期生）点にあるのではないか。つまり、戦闘詳報を読んだ功績調査部員が取り違えた、という信じ難い単純ミスである。

宮本さんは予科練と飛練を通じて、松本練習生と特に親しくはなかったが、忘れられない思い出があった。

四月前半の串良基地には、沖縄戦の天一号作戦のため七個隊ほどの「天山」が集まり、搭乗員宿舎を区分して使っていた。九日か十日、九三一空の宮本二飛曹は兵舎の入口で、松本二飛曹とばったり会った。互いに串良に来ているのを知らなかった。

十一日に喜界島の前進基地へ出る宮本二飛曹が「出撃はいつだ？」とたずねると、もともと口数が少ない同期生は「まだ命令は受けていない」とだけ答えた。このとき特攻指名はなされていないような感じだった。「そうか。お互いにがんばろう」と宮本二飛曹が言ったのが最後の会話になった。喜界島にいるうちに、松本二飛曹は特攻に飛び立ったからだ。

経塚ペアが特攻を完遂したことを公表し、誤りを正すべき、と私は宮本さんに申し出た。調査して記事を書き進めながら、遺族による厚労省社会援護局への改正依頼を手伝うのだ。篤実《とくじつ》な宮本さんは、松本二飛曹の遺族への連絡先を、その地域の甲飛会会長を務める同期の石井辰美さんにたずね、自らも遺族との仲介を引き受けてくれた。石井さんの対応は真摯《しんし》で速かった。

私は遺族に手紙を出すかたわらで、串良および根拠基地の「天山」搭乗員に、経塚ペアについての記憶を取材し始めた。すると「天山」部隊の苦戦敢闘のようすがしだいに分かってきて、合わせてそれらを筆にしようと思い立った。

前哨の雷撃戦

過酷なフィリピン航空戦を「天山」で戦って、戦力を失った攻撃第二五一飛行隊は、千葉県の香取基地で再建にかかり、昭和二十年二月に第七〇一《ななまるいち》航空隊の指揮下に入って、串良に移動した。南西諸島、とりわけ沖縄への米軍の来攻が予想されたからだ。

攻撃二五一飛行隊の「天山」一二《いちにい》型は定数（規定の保有機数）四八機に対し、出動可能が

雷撃訓練のため海上のごく低高度を航過する艦上攻撃機「天山」一二型。

三十数機あった。搭乗ペア数は可動機数よりやや多く、攻撃飛行隊の戦闘前の陣容としては水準に達していた。

主戦法は敵に見つかりにくい、夜間または薄暮の雷撃。八〇〇キロの重い航空魚雷を抱いてひたすら接敵する艦攻は、敵戦闘機や対空火器の射弾を受けやすい。味方の掩護戦闘機隊の威力が劣るから、昼間雷撃の成功など画餅と分かっていた。

攻撃二五一は二月から三月にかけて、交代で串良から大分基地へ飛んで、別府湾の小型空母「鳳翔《ほうしょう》」を標的に、夜間の雷撃擬襲を四〜五回ずつ実施した。空中衝突で殉職者が出たほど。飛行隊長・村上敏一大尉は「二五一の夜間雷撃は日本一だ。だから特攻には出さない」と隊員に語ったという。

九州〜南西諸島をおもな守備範囲とする第五航空艦隊の、唯一の「天山」隊として攻撃二五一は、三月中旬〜下旬に九州近海から沖縄にかけて行動した米空母機動部隊、すなわち第58任務部隊をねらったが、確たる戦果は少なかった。

須藤登良夫《とらお》二飛曹は第十二期甲飛予科練出身の電信員。ペアを組む機長で偵察の大堀秀一少尉、操縦の湯沢貞祐一飛曹とともに十九年十一月、再建途上の攻撃二五一に転勤してきた。彼らの初出動は三月二十一日の朝。魚雷装備で九州南西の洋上を四三〇キロ進出し索敵したが、敵影を見なかった。

二十四日の午後、保有戦力の半分の十数機が喜界島へ向かう。大堀ペアの固有機は大分で空襲を受けてやられたため、予備の不調機をあてがわれていた。案の定エンジン修理を要し、遅れて単機であとを追い、無事に喜界島に到着できた。

夜十一時に二機編隊で出動、南下したが、めざす機動部隊はいない。帰途、排気管から火の粉を吐くエンジン不調に燃料もれが加わり、やむなく平島《たいらじま》（吐噶喇《とから》列島の小島）西方に不時着水。湯沢一飛曹のたくみな操縦で誰もケガをしなかった。

平島に泳ぎ着いた三名は、部隊へ帰るため島長《しまおさ》と交渉したが「船を出せば、敵機に見つかって銃爆撃され沈められる」と受け入れない。それなら自分たちだけで行くから、と借用を頼んでもだめ。「船をわたせば漁ができない」からだ。

七月まで平島で暮らし、ようやく出してくれた船で島伝いに進んで、串木野に着いた。須藤二飛曹は出撃まで「特攻のトの字も聞かなかった」ので、在島中の四月に串良基地から「天山」特攻が二個隊出され、しかも自分たちの攻撃二五一から最多数機が出ているとは、夢想だにしなかった。

未帰還機、続出

沖縄決戦の海軍呼称、天一号作戦の発動下令は三月二十六日。関東に主戦力を配置する第三航空艦隊は、五航艦応援のため所属部隊の九州展開にかかり、海上護衛総司令部に属する九三一空や九〇一空の艦攻隊もこれに加わった。

本来の香取基地でなく、諸事情から千葉県横芝の陸軍飛行場を使っていた攻撃第二五四飛行隊からは、派遣第一陣の「天山」八機と予備一機が三月三十日に串良に到着した。同日、香取基地から攻撃第二五六飛行隊の第一陣一二機と予備一機も進出。両飛行隊は第一三一航空隊の所属部隊で、一三一空司令・浜田武夫大佐が攻撃二五六を直率してきた。

翌三十一日には愛知県の明治基地から、第二一〇航空隊・艦攻隊の「天山」一三機がやってきた。六機種に分かれて各々飛行隊を構成する二一〇空は、三航艦の錬成部隊だった。

いわば〝助っ人〟のこれら三個隊の戦いは、串良の〝主《ぬし》〟たる攻撃二五一と合同して、四月一日にかけての夜間雷撃戦で始まった。沖縄周辺海域の艦船を目標に攻撃二五一が一〇機、攻撃二五六と二一〇空が各四機、攻撃二五四が二機の合計二〇機が、一〇五〇キロと重くて爆発力が大きな、本来は双発の陸上攻撃機用の九一式魚雷改七を抱いて出動した。

未帰還は一一機を数えた。率先して搭乗割に入った攻撃二五四分隊長・松田雄吉大尉と、

上：陸軍の横芝飛行場で一三一空・攻撃第二五四飛行隊の第一次串良派遣隊員と「天山」一二型。後列中央が指揮官の松田雄吉大尉。全員ではなく、経塚司郎少尉とペアは見当たらない。下：昭和20年（1945年）3月30日、香取基地で一三一空・攻撃二五六飛行隊の串良派遣隊第一陣。列線の「天山」一二型はいずれも、全長が5メートルを超える九一式魚雷を搭載している。

「無法隊の夜間雷撃をやる」と士気を高めた二一〇空派遣隊指揮官・小林平八郎大尉も帰らなかった。この夜のF6F夜戦は二機撃墜（「天山」を零戦五二型と誤認）を記録しただけなので、多くは対空弾幕に落とされたと考えられる。

「天山」各隊合同による夜間雷撃は、一〇機以下の規模でその後も続き、ときおり命中が報じられた。

沖縄航空戦は攻撃力の頼みの綱が特攻機だった。「天山」の特攻は意外に少なく、五航艦では串良からの二個グループおよび別の隊（主力は九七艦攻）の一機のほかは、台湾の一航艦の一個隊だけ。特攻出撃二四機（未帰還機数にあらず）は実用単発陸上機のうちで最も少ない。ほかに昼間雷撃で一〇機全機が未帰還の隊があるが、これは通常攻撃で出たのを、全滅が分かってから、事後に特攻隊と見なしたと考えられる。「天山」の特攻化率が低いのは、戦果を期待しうる夜間雷撃の、切り札的戦法を有するゆえではなかろうか。

意外だったのは、この記事の執筆に関し、取材した「天山」搭乗員一一名のうち一〇名までが、沖縄戦参入に至るまで、一度も特攻隊員の希望をとられていない事実だ。大半の者が志願か否かを問われた戦闘機搭乗員と、対照的と言えよう。

ちょうど一年間を「天山」部隊で勤務した兵学校第七十二期生徒（海兵七十二期）出身の偵察員・山下茂幸中尉。攻撃二五六の分隊士として、B－24重爆撃機の空襲と艦砲射撃にひるまず硫黄島派遣隊の指揮を取り、爆撃時の負傷で帰還後に攻撃二五四に転勤した。山下中尉自身、特攻志願をたずねられた経験がなく、また串良への派遣隊員を含め部下から特攻志願者を募《つの》ったこともなかった。

だが航空総攻撃初日である菊水一号作戦の四月六日、午後三時半に串良を発った「天山」特攻隊の一〇機は、攻撃二五一、二五四、二五六、二一〇空の四個隊混成で、喜界島南方の機動部隊に対し、全機が体当たりの無電を放って突入した。

4月6日に特攻戦死を遂げた第三御盾隊天山隊の吉田信太郎少尉。後ろの乗機一二型の胴体下に、805キロの八十番通常爆弾1型改四が取り付けてある。

一〇機の搭乗員全員が、串良に来てから(もともと串良にいた攻撃二五一については天一号作戦発動後に)爆弾装備の特攻攻撃を一方的に命じられたことになる。発令もとは五航艦司令部のほかにはないだろう。

この特攻隊は戦闘詳報には第三御盾《みたて》隊第一天桜隊と表記されたが、連合艦隊告示(布告)では菊水部隊天山隊に変わっている。また二一〇空からの吉田信太郎少尉機だけはなぜか、第三御盾隊天山隊として分けて布告がなされた。

経塚ペアの断片

一〇日後の四月十六日の朝、冒頭で述べた、布告に誤りがある菊水部隊天桜隊が出撃した。戦闘詳報には第二天桜隊と記されている。

出撃の九機は、六機が攻撃二五一、一機が二一〇空、二機が船団護衛部隊の九〇一空からの「天山」だった。問題の伊藤一飛曹―経塚少尉―松本二飛曹ペアは攻撃二五四付で串良に来たが、経塚少尉に関しては、到着当日の三月三十日に攻撃二五一へ転勤と海軍辞令公報に出ている。伊藤、松本両兵曹も同様とみてよかろう。だが、この日付は体裁で、実は経塚ペアが特攻に指名されたさい（四月十日すぎ）に、転勤日をさかのぼらせる処置をとったように思われる。

六二年をへた現在、経塚ペアを記憶する攻撃二五四の元隊員は少ない。前出の山下さんがその一人だ。「私が二五四付になったのが二十年の二月下旬。経塚少尉の着任もそのあたりだと思います。ただし顔を思い出せない」「伊藤兵曹はまじめな性格。ペアを組んだことはありませんが」

第十三期飛行専修予備学生の同期で経塚少尉を記憶するのは、夜間雷撃から生還した（後述）大場篤夫《あつお》さん。「彼の専攻は経済か政治学では。皆の前でしゃべるのが上手な能弁家だったように覚えています」。人となりを知ったのは攻撃二五四でか、基礎教程の三重空でか、はっきりしないと言う。

甲飛十二期は「天山」部隊の電信員の主力を占めたが、松本二飛曹を知る同期生は宮本さんのほかに見つからなかった。三二四〇名の多数が、三次に分かれて延べ五個の練習航空隊に入隊したのも一因である。

串良基地への移動をひかえて、松本二飛曹が書き残した手紙がある。

〔父上、母上様　いよいよ出撃致します。今までの不孝、何卒《なにとぞ》お許し下さい。この手紙がとどく頃は、立派に戦つてをります。これが最後の手紙となることでせう。今大いそぎで書いてをります。先便にて私の胸中は……。何卒皆々様、お元気でお暮し下さい。神かけてお祈りいたします。立派に戦ひ、死ぬ覚悟です。小生戦死の報がとどいたならば、一言、でかしたとほめて下さい。飛行機は、ペラを回してをります。もう搭乗員整列です。元気で頑張ります。皆様によろしく。乱筆にて御免。昭和二十年三月二十八日十七時三十分〕

特攻出撃直前の遺書のようにも読めるが、この日付と時間が正しいとすれば「串良移動つまり沖縄戦への出撃が決まり、これから薄暮・夜間飛行訓練に出るとき」の文面と見なさねばならない。雷撃戦の未帰還率の高さゆえに、出陣を前に生還を期さない気持ちを綴《つづ》ったものだろう。苦戦に身を投じる決意がよく表われていて、特攻出撃時の心境もこうだったのでは、と思えてくる。

伊藤一飛曹は海軍ではわずかしかいない、逓信省航空局が管轄した愛媛地方航空機乗員養成所出身の予備練習生だったが、同期生の所在は判然としない。

明治基地を発つ３月27日、二一〇空・艦攻隊の丸毛英美少尉（操縦、手前）のペア。後ろ左が偵察・林昭次郎二飛曹、右が電信・安達毅二飛曹。串良に来て特攻・天桜隊に加えられた。

帰還やむを得ず

天桜隊は七機が「戦艦に突入」と判定され、一機（九〇一空）が不時着。残る一機は不調で引き返した。それが二一〇空の丸毛《まるも》英美少尉―林昭次郎二飛曹―安達毅《たけし》二飛曹ペアだ。

丸毛少尉は予学十三期の出身。林二飛曹と安達二飛曹は甲飛十二期だが、予科練教程の航空隊が違っていた。第二次総攻撃の菊水二号作戦が終わった四月十二日の夜、ペア三名が分隊長・脇《わき》延清大尉に呼ばれ、「お前たちは特攻に入った」と告げられた。特攻志願の打診は受けておらず、問われないまま自己判断で特攻を希望したのでもない。いきなりの指名だった。

明治基地を三月二十七日に発つとき「もう帰れまい」と感じていた安達二飛曹は、地球上から抹消される寂しさはあっても、特攻隊編入への特別な驚きはなかった。「とうとう来たか」という思いがわいた。

豊橋空を経由して、串良到着の前夜三十日、二一〇空の派遣隊が大分県の宇佐空に降りて一泊したときのこと。安達二飛曹は同期の水谷満須美《ますみ》二飛曹と同じ毛布にくるまった。

このとき水谷二飛曹が「おい安達よう、俺はきれいな気持ちになったぜ。祖国を守るためなら、いつでも死んでみせる」と語りかけた。同期生で最若年、満十七歳の誕生日が目前の水谷二飛曹は、三月三十一日の出動の第一撃で戦死したが、彼の言葉は安達二飛曹の脳裡に強く焼き付いていた。

生真面目なタイプの丸毛少尉も、おっとりした林二飛曹も、普段と変わらないようすだった。特攻を伝えた脇大尉は翌日の未明に出動し、帰らなかった。

第三次航空総攻撃である菊水三号作戦の四月十六日の早朝、一三一空司令・浜田大佐の訓示に続いて別盃をかわす。二機ずつの編隊を組む決まりで、丸毛機は長機。安達二飛曹にとって、二番機（戦闘詳報では経塚少尉機だが、実際は日向義弘少尉機）の偵察・日下部《くさかべ》文雄二飛曹と電信・服部寿宗二飛曹とは、予科練、飛練で親しんだ仲なので心強かった。

「帽振れ」の列に送られて、午前六時四十分ごろ串良を発進。離陸後、上昇中に丸毛機に震動が生じ、少尉がエンジン不調を伝えてきた。安達二飛曹にも、機体のいやな震えが感じられた。薩摩半島南端の開聞岳《かいもんだけ》を航過し、洋上を南下にかかるころには「天山」の震動は強まり、エンジンが息をつくのが分かった。

沖縄まで飛べるかどうか。しかし特攻機の帰還は、突入戦死が前提だけに、強い覚悟を必要とした。伝声管で話し合った丸毛ペアは、再出撃を期すことに決めて、二番機の右横についた。

安達二飛曹は日下部、服部両二飛曹に、機の不調と引き返しを手信号で伝えた。二人は了解し、落ち着いた表情は変わらなかった。敬礼し、別れのバンクをうって丸毛機はUターンしたが、二時間後には二番機が沖縄の敵艦船に体当たりすると思うと、なんとも申しわけない気持ちが安達二飛曹の胸中にあふれた。

八〇五キロの八十番通常爆弾一型改四を付けたまま、どうにか丸毛機は串良に降着、停止できた。三人で指揮所へ行き、丸毛少尉が申告すると、浜田司令は「ご苦労であった」とだけ答えた。

その日のうちに丸毛ペアに薄暮雷撃が命じられた。他部隊の「天山」をあてがわれた少尉は、予感したのか「(クセが違うから)ほかの飛行機はいやだ」と不服だったが、そのとおり離陸時に、ならんだ予備機にぶつけて八四八キロの改三魚雷がちぎれとぶ大破事故を起こした。少尉と林二飛曹は負傷で入室し、搭乗可能は打撲ですんだ安達二飛曹だけ。

ペアがそろわず代機もなくなって、以後の出撃は命じられなかった。軽傷だった林二飛曹らと、汽車で明治基地へ向かったのは四月が終わるころだった。

離陸のさいは要注意

昭和十九年のなかばから主力艦攻の座に着いた「天山」一二型の飛行特性は、搭乗員にとってどのようなものだったのか。

攻撃二五一飛行隊が昭和二十年二月に香取から串良に移動したとき、二五一と同様にフィリピンで戦力を喪失し、より再建度が低い攻撃二五六飛行隊は、七〇一空から一三一空の指揮下に編入され、入れ替わって串良から香取に後退した。

艦攻操縦専修で、姫路空の教官だった予学十三期出身の見嶋《みしま》達三少尉は、二十年の元旦付で攻撃二五六へ転勤。それまでの九七艦攻一二型（旧称一号艦攻）から、同一二型（旧称・三号艦攻。馬力アップ）を経験せずに「天山」一二型の操訓にかかった。

香取基地で一三一空・攻撃二五六飛行隊の「天山」一二型に搭乗した見嶋達三少尉。座席を着陸時の高い位置に上げている。

九七艦攻の単列九気筒「光」エンジンから、「天山」の複列一四気筒「火星」エンジンへ、二・四倍にも増えた離昇出力の制御がまず大変だ。離陸時、尾輪を固定し方向舵タブを右に曲げて、トルクの反作用を抑えつつ直進。尾部が浮いた瞬間、踏んでいた右のフットバーとタブを中正位置にもどし、垂直尾翼に当たる後流に対処する。

「離陸後、九七艦攻はフラップを下げないでも上昇したが、重い『天山』は揚力を増すため、ファウラーフラップを半分出すんです。機首が沈むから、高度五〇

「天山」一二型が香取基地を離陸する。主翼のファウラーフラップを半開にして揚力を稼いでいる。20年5〜6月の撮影。

メートルまで（フラップを）閉じる、など言われました」

ベテランの下士官が初めて「天山」に乗って、離陸後すぐにフラップを納めたら、高度が下がり始めた。墜落とみた隊員たちが指揮所からとび出てくる。指導役で偵察席に同乗していた見嶋分隊士は「フラップ！　フラップ！」と叫んだが、操縦員はフラップを出すかわりにスロットル全開のフルパワーで、かろうじて再上昇に成功した。

「飛行感覚は九七艦攻と同じで、旋回が速いといったことはありません。速度ははっきり違いますね」と見嶋さん。九七艦攻とは異なるピッチ変更レバーの、高回転表示を高ピッチ角と取り違えて不時着事故も起こしたが、操縦適性に富む見嶋少尉は着実に技倆を高め、中尉進級後の六月下旬の一夜には、夜間飛行に必須の水平儀が故障のまま、海上雷撃訓練を全《まっと》うした。

見嶋さんはこの短篇に登場の艦攻乗りとしては珍しく、特攻募集を経験している。十九年十一月ごろか、姫路空で予学十三期出身の教官たちが司令に呼ばれて、「将来、特攻作戦があったら志願するかどうか。誰とも相談しないで、紙に書いて持ってくるように」と命じられた。

雷撃や爆撃をかけての戦死ではなく、爆弾もろとも敵艦にぶつかる必死攻撃に、積極的に行きたくはないのが本心だった。だが立場上、進んで志願しないわけにはいかない。それに「さきざき生命はあるまい。どうせなら」との諦念も加わって、見嶋少尉は志願を伝えようと決意した。

予備学生、予科練出身の搭乗員の大多数が、同様の考えだったと思われる。

皆で話し合い、たいていの者は「熱望」と書いて、一人ずつ司令室へ持って行った。その後なんの音沙汰もなくすぎ、攻撃二五六に転勤してからも、彼が特攻に関してふたたび意志を問われるときは来なかった。

帰途に待つ夜間戦闘機

見嶋中尉が敗戦まで香取基地で待機を続けたのに対し、同じ攻撃二五六飛行隊にいた同期の偵察員・内田太郎中尉は沖縄の夜空で、主戦法の雷撃戦を戦った。

「天山」に装備のH－6捜索レーダー（電波探信儀。制式名称は三式空六号無線電信機）で岩礁の反射波を捕らえる訓練をかねて、八丈島に蓄積の燃料を取りに行った米倉豊上飛曹―

一三一空・攻撃二五四飛行隊所属の「天山」一二型が魚雷を装備して洋上を編隊飛行中。手前の右翼から出ているのはH-6探信儀のアンテナ８本とその支柱。

内田中尉—石井文雄上飛曹ペアは、離陸時に操縦索に不具合を生じたため、同島に二晩泊まった。五月二十七日の夜、守備隊の電信機に「至急帰隊せよ」の電報が入り、翌朝に香取に帰るとすぐ串良派遣を命じられた。

串良へは、ともに一三一空指揮下の攻撃二五六と攻撃二五四から、毎月進出したが、四月以降は派遣隊としてではなく、攻撃二五一への転勤処置がなされていた。知らないまま内田中尉も五月二十八日付で攻撃二五一付に変わっていたのだ。

串良進出は雷撃戦を意味し、雷撃戦は戦死を意味した。「いよいよ終わりだな」と中尉は観念した。電信員が扱うH－６電探は最短感応距離が大きすぎて役に立ちがたく、一二〇キロ軽くなるから取り外した。

内田機を含む五機は串良に到着ののち、六月初めに大分基地から、別府湾の護衛空母「海《かい》鷹《よう》」を標的に、夜間雷撃訓練を一週間実施。二機が不時着水し、内田機も魚雷が落ちず、着陸時に接地のショックで離れて転がるアクシデントに見舞われた。機長を兼ねる立場で内田中尉は、夜間雷撃の難しさを実感した。

六月上旬に初出動。照明機と雷撃機の二機一組のチームで、長機の内田機が照明担当である。コースと時刻を誤らずに飛んだが、列機がはぐれたため、単機で沖縄の予定の海域に到達し、吊光照明弾を落として、無事に帰投できた。列機も帰ってきて、別機の照明弾の明かりを利用したと語った。

5月28日、香取基地で攻撃二五六・第三次串良派遣隊に一三一空司令・浜田武夫大佐(右端)が訓辞する。前列が各機長で、司令の左から柳沢直二上飛曹、内田太郎中尉、藤田寿万一少尉、東松上飛曹、西本節雄中尉(横向き)。串良到着は30日。

二度目は雷装だった。エンジン不調で引き返し、過荷重でもうまく降着できたけれども、滑走路端まで来て、特攻からもどった「白菊」練習機の風防に、主翼をぶつけてしまった。「白菊」の搭乗員に怪我がなかったのは幸いだった。

内田ペアが体調不良のペアと代わったのが三度目の出撃で、串良発進は七月一日午後十時二十分〜十一時二十分のあいだ。ベテランの米倉上飛曹がなぜか突然に東へ変針しぶつかりかけた屋久島を、きわどく避けて、南西諸島の西側を高度二〇〇〇メートルで飛行した。

沖縄西方の伊江島では、灯火をつけて離着陸作業中（おそらく第548夜間戦闘飛行隊のノースロップP－61夜間戦闘機）だ。「少数の日本軍機など平気なのか」。大胆さに驚きつつ、残波《ざんぱ》岬から南下。中城湾に入ると停泊中の艦船が何隻も黒く見えた。米倉上飛曹は目標を定め、新たに装備した電波高度計一型で高度を三〇メートルに保ち、二〇〇ノット（三七〇キロ／時）で突進する。

覚悟していた激しい対空砲火が、なぜかまったく来ない。魚雷を放ったのに、振り返っても水柱も火柱も見えなかった。「失敗だ」。内田中尉は捲土重来を期し、「天山」は満天の星空の下を帰途に着く。

沖縄の海域を離れたあたりで、見張りの石井上飛曹が「右後方、夜戦！」と伝えた。中尉の「右！」の声で、米倉上飛曹は反射的に右へ機をすべらせる。敵機につかれた側へ逃げるのが常道だ。石井兵曹は長さ一メートルほどの細切り銀紙の電探欺瞞《ぎまん》紙を撒いて、敵のレーダー表示の攪乱《かくらん》をはかった。

月がなく、海面が見えにくい。高度五〇メートルほどの低空を右へ、左へと機をすべらせて、ようやく逃げ切った。緊張しっぱなしの雷撃行のヤマを越えたのだ。

弾幕を突っ切って

攻撃二五六飛行隊には半月ほどいただけで、三月十日ごろ攻撃二五四に転勤した大場少尉が、第二次派遣の二機の長として、大分県佐伯経由で四月十三日に串良に着いたとき、第一次の八個ペアのうち五個ペアはすでに戦死していた。

それまでも動目標の見越し捕捉に適性を発揮していた大場中尉（六月に進級）は、別府湾で航行する「鳳翔」や駆逐艦への雷撃訓練をくり返し、攻撃のカンをいっそう研ぎ澄ました。

彼と、偵察の土田稲穂一飛曹、電信の伊藤覚《さとる》二飛曹のペア（三名とも六月四日付で攻撃二五一に転入）が、未帰還続出の理由を身をもって知ったのは、沖縄失陥の前々夜、六月二十一～二十二日の夜間雷撃行においてである。

午後十時に「天山」五機がてんでに出動した。目標は沖縄周辺の敵艦船。開聞岳を右に見て、東シナ海を南下する。喜界島の空域に出るという敵夜戦を避ける目的ゆえ、列島線（南西諸島）の西側を飛ぶのだ。

大場中尉の信条は、全力集中の一番槍。本来は後ろに付く慎重な性格だが、それでは気後《きおく》れして戦えない。自身を鼓舞して真っ先に敵に迫ることこそ肝要、と確信していた。気が合う二人のペアから「すごい元気ですね」と感嘆されるほどだった。

「彩雲」偵察機や陸軍の百式司令部偵察機が撮ってきた写真で、どの程度の艦船がいるかは把握ずみだ。ねらうのは巡洋艦以上の大型艦。該当海域に至り、右へ左へとジグザグに低空飛行を続け、黒く浮き出た五～六隻の駆逐艦らしい小型艦を認めた。初めて見る敵艦。だが、

弾雨をくぐって大型艦を雷撃し、一三一空・攻撃二五四飛行隊で特記すべき戦果をあげた大場篤夫中尉(上)。背にした「天山」一二型は爆弾用の懸吊架を取り付けている。

もっと大物でなければ。

ゆるい弧を描いて散発的によぎる曳跟弾《えいこんだん》を遠近《おちこち》に見ながら、暗い海面を索敵するうちに、かなたに重巡洋艦とおぼしき正横の艦影が目に入った。大場中尉はただちに接敵を開始する。

まもなく敵艦が射弾を放ち始めた。散発的と思えた火箭《かせん》は「天山」の接近につれてみるみる増え、周囲の空間が輝く弾流で満たされた。まっすぐ正面に向かって飛んできた光の束が、眼前で上下左右へそれていく。当たれば即、墜落。恐るべき火の奔流《ほんりゅう》の中を、大場ペアは飛び続ける。

飛行隊長・肥田真幸大尉が提唱した高度五メートルの超低空飛行より、さらに低いと大場中尉は感じた。魚雷投下をせく心と闘いつつ操縦桿を握る彼よりも、後ろの二人は数倍の危惧に耐えていたのではないか。

「テーッ！」と叫んで投下ボタンを押す大場中尉。土田上飛曹も即応の投下操作を終えた。

そのまま敵艦の上方をすり抜けるのが常道だ。だが、ようやく怖《こわ》さを感じた曳跟《えいこん》弾の激烈なシャワーを避けるべく、艦の真上で反転し上昇、離脱をめざす。

敵前の反転は被弾、戦死に直結する、と見なされていた。だが敵射手の意表を衝《つ》いたものか、禁じ手が功を奏して弾幕から逃れ得た。からくも交戦空域を抜けて、伊藤一飛曹が「雷撃終ハリ。戦果不明」を打電した。

夏至の夜明けは早い。串良に着陸し、明るみが増すなかを指揮所へ歩く。出迎えた九三一空司令・峰松巌大佐に、大場中尉が「敵重巡を雷撃するも戦果不明」と報告し、状況を説明すると、司令はすぐさま「撃沈確実」と声を上げた。

帰投できた「天山」は五機中三機。五航艦司令部が記録した「二機雷撃、一機甲型艦雷撃。効果不明」の甲型艦（重巡）雷撃は、大場機に間違いない。また別に、五航艦長官・宇垣纏《まとめ》中将の作戦日誌『戦藻録《せんそうろく》』の六月二十二日のページに「巡三雷撃（内一確実）」とあるのは、大場機の報告に対し峰松司令が出した判断が伝えられ、「内一隻に確実命中」の判定がなされた証左と言えよう。

死地を求め得ず

昭和二十年二月に空母の飛行機隊が廃止され、その流れを汲んで新編された攻撃二五四飛行隊は、他隊に比べて母艦経験がある中堅やベテランが多かった。海軍勤務一〇年、第三十五期操縦練習生出身で操縦歴九年の、老練・筆矢芳雄《ふでや》少尉はその一人。

筆矢少尉とペアを組んだ偵察の内川正一《しょういち》中尉は、海兵最後の実施部隊搭乗員の辞令を受けた七十三期出身者。機長は当然、階級上位の内川中尉が務めるが、筆矢少尉の技倆を「キャリアでは段違い。皆の教官のようなもの」と高く評価していた。「天山」の偵察席は九七艦攻よりやや広い程度で、作業的な条件は変わらなかった。

飛行学生を終えてまもなく同期三名で三月に着任し、二人は五月と六月に串良からの出撃で戦死した。内川中尉は根拠基地の横芝で飛行隊士（飛行隊長の補佐役）として、搭乗割の作製、整備と搭載兵器の連絡と手配に忙しく働き、そのうえ隊内の規律と連帯維持に努める甲板士官をしばらくのあいだ兼務しながら、生還を期さない雷撃戦のため、薄暮〜夜間の訓練飛行をくり返していた。

「特攻志願は飛行学生のとき以来、問われたことがない。攻撃二五四でも希望を取らず、沖縄への特攻隊員は直接には出していません」。内川さんの言葉は、一期先輩の山下さんと異口同音であり、事実そのとおりだった。

彼が串良へ向かう前に沖縄が落ち、海軍は陸軍に引きずられるように本土決戦へと態勢を変化させていく。連合軍の九州上陸に対応すべく、攻撃二五四本隊は予備隊を横芝に残し、実動全力で七月十二日に三重県の第二鈴鹿基地へ移動した。

第二鈴鹿の攻撃二五四の隊員にとって、目標海域は沖縄から南九州に移ったが、それも一ヵ月で終止符が打たれた。予想もしない敗戦により、死地が消え去ったのである。

敗戦からちょうど二ヵ月後、米軍へ引き渡しの「天山」三機が第二鈴鹿を離陸した。統率に秀でた肥田飛行隊長が選んだ各機長は、穏やかな性格の分隊長・大内藤郎大尉（指揮官）、対応能力が高い山下大尉（六月に進級）、気力充分の内川中尉。

10月半ばの第二鈴鹿基地で、日の丸の上に米軍マークを描き加えた「天山」一二型の左翼。座るのは横須賀への空輸に加わる攻撃二五四の機長兼偵察員・内川正一中尉。

ロッキードP－38戦闘機に警戒され、グラマンTBM「アベンジャー」攻撃機の先導を受ける「天山」の目的地は、散華の海ではなく、米軍占領下の横須賀航空基地だった。

平成十九年の四月初め、甲飛十二期の宮本さんから通知状が送られてきた。私は内容を予感した。私が松本二飛曹と経塚少尉の遺族へ送った、戦死状況の改訂をうながす手紙と自己紹介の著作に、反応を得ていなかったからだ。

果たして宮本さんの文面は、松本家遺族からの断わりを知らせるものだった。「昔のことですから」と辞退の連絡があったという。短くても、われわれが社会援護局への改正依頼を断念するのに、不足のない言葉だと感じた。

もう長い年月が経ってしまったのだ。少尉特進、二階級特進への変更を望んだであろう親兄弟も、いまや多くが鬼籍に入られた。せめてここに真実を記し、経塚ペアの冥福を祈るばかりである。

本土に空なし

——F6Fの射弾が前途をさえぎった

戦後の日本にとって最大のイベントと称しうる東京オリンピックが開かれるまで、あと二ヵ月あまりの昭和三十九年（一九六四年）八月上旬。羽田空港で千歳へ向かう日本航空のコンベアCV880旅客機に搭乗した岩瀬一郎さんの目は、機内備え付けの『週刊文春』の目次に吸い寄せられた。特集のタイトルの一つに〔倉庫爆発事件で自決した元・海軍大佐の人生観〕とあったからだ。

記事には、七月十四日の夜に起きた品川の化学品倉庫での爆発事故の顚末《てんまつ》に続き、責任を感じ包丁で頸《けい》動脈を切って命を断った港湾運輸会社・宝組の守衛長の、来歴とひととなりが書かれていた。元大佐の名は大橋富士郎《ふじお》氏。三四三空司令の源田実大佐が操縦教育を受けた戦闘機乗り、と言えばキャリアのほどを想像できよう。

岩瀬さんは大橋氏の自決をすでに聞き知っていた。飛行予備学生出身で、戦争最後の年を鹿島航空隊ですごした岩瀬さんにとって、人格者の司令だった大橋大佐は「海軍生活を通じて、尊敬申し上げる唯一の人」だ。秀でた人間性が、覚悟の刃を取らせたのか。

記事を読むあいだにCV880は離陸し、上昇にかかる。週刊誌から顔を起こすと、窓ごしに京浜地区にひしめく建物が見えた。そのうちの一棟の屋根に「宝倉庫」の大きな文字が書いてある。不思議な偶然に岩瀬さんは驚き、強い感銘を受けた。

そして彼の想念は、大橋司令のもと、別のかたちで〝自決〟を目指していた昭和二十年春〜夏の鹿島空へ引きもどされた。

異質の十四期

有事のさいに、士官搭乗員の不足を補う目的で制度化された航空予備学生／飛行科予備学生は、昭和九年（一九三四年）入隊の第一期に始まり、十七年九月の第十二期まで次第に期ごとの人数が増えたが、せいぜい一〇〇名どまりだった。

それが一変したのが十八年九月入隊の第十三期飛行専修予備学生で、選抜ののち実に五二〇〇名もが海軍の門をくぐった。人数がはね上がった主因は、航空消耗戦の熾烈《しれつ》化がもたらした下級士官搭乗員の需要の急増だ。それまでの海軍予備航空団出身という採用条件（兵科から転科の十期と十二期を除く）は当然ながら撤廃され、大学あるいは高等専門学校の卒業者（繰り上げ卒業予定者をふくむ）で二十八歳未満なら、応募の資格を有していた。

上：佐世保海兵団での水兵服を着た第14期飛行専修予備学生たち。中央の軍帽・詰えりが教員の下士官だ。下：飛行予科練習生が夢をつむぐ。予学のなかで14期だけは当初ベッドを使えず、この兵員用の吊床の中で眠った。

十三期は人数が格段に違っても、志願入隊という点では同じだった。しかし、次の第十四期飛行専修予備学生はまったく異なった経路をたどる。

開戦後も維持されてきた二十歳以上の学生・生徒に対する徴兵猶予《ゆうよ》の優遇措置が、昭和十八年十月、戦局悪化により理工科系を除いて停止された。これが、学徒出陣としてよく知られる、雨の神宮外苑の出陣壮行式につながる。十一月にかけての徴兵検査で九万九〇〇〇名が合格し、うち一万八〇〇〇名に海軍への入隊が決まる。

彼らは十二月十日に四ヵ所の海兵団に入団。中旬からの選抜試験で、約五五〇〇名が搭乗士官要員に合格した。このうち大学在学者（ほかに卒業して陸海軍に在隊中の有資格者が少数）の約三三〇〇名が第十四期飛行専修予備学生に、やや若年の大学予科および高専在学者の二三〇〇名は新たに制定された飛行専修予備生徒の第一期生に分けられ、それぞれ十九年二月一日付で採用の辞令が出た。

彼らは海兵団で一ヵ月半のあいだ、最下級の二等水兵として、ジョンベラと呼ばれたセーラー服ですごす。陸軍と入隊時期を合わせるための便宜上の入団ともいわれるが、いきなり予備学生（兵曹長の上位で少尉候補生の下位）の地位を得られて、詰め襟《えり》の軍装を着用できた十三期予学までとは、まさしく雲泥の差だ。ベッドではなく、吊床を吊って眠る。風呂は一列横隊で浴槽に入り、「上がれーっ」の命令で一斉に出た。

ただし、日課は厳しいけれども、海兵団に付きものの教員による鉄拳制裁はなかった。やがて予備士官へ進む者が多い（飛行のほか整備、主計、法務の各科要員も選ばれた）のだから、ふつうの二等水兵とは一線を画すのは当然だった。

その後十九～二十年に募集された第十五期、十六期飛行専修予備学生、第二期、三期飛行専修予備生徒は、志願応募にもどり、海兵団への入団はなくなった。

徴兵のかたちで海軍に入り、水兵を経験せねばならなかった十四期予備学生と一期予備生徒。士官要員に兵員の生活をさせない海軍教育の建前から、はずされた彼らが、身を投じた苛烈な戦いの一典型を、鹿島航空隊の十四期予学出身者の行動に見てみたい。

訓練と修正と

十四期予学のうち一〇〇〇名は地上勤務の要務予学として鹿児島空へ分かれ、飛行科二三〇〇名が十三期予学が出たあとの土浦空に入隊。座学を主体とした四ヵ月弱の基礎教程を昭和十九年五月下旬に終えて、一一三〇名が操縦、八〇〇名が偵察に決まり、残る三七〇名は適性などにより地上職の要務へまわった。

中間練習機教程では偵察専修は全員が同じ訓練を受けるが、操縦専修は二分され、九〇〇名が陸上機、二三〇名が水上機を指定される。水上機の中練教程は鹿島、北浦、詫間《たくま》の三個練習航空隊が担当し、鹿島空へは最多の一〇〇名が配属された。霞ヶ浦西岸に位置する、昭和十三年十二月開隊の比較的古い練空である。

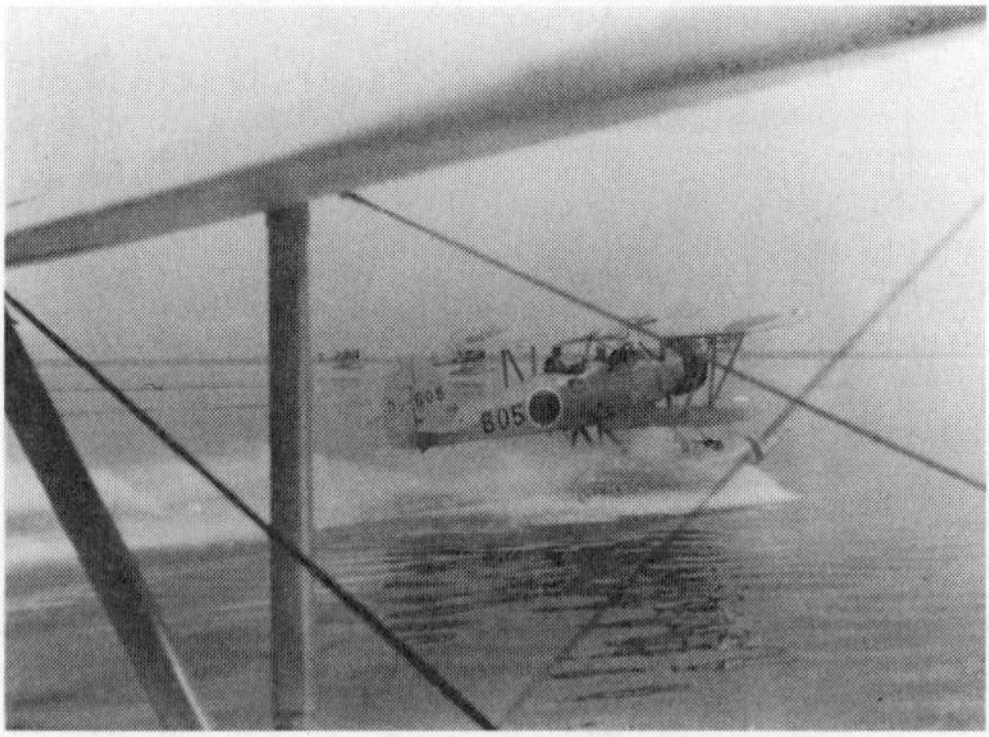

霞ヶ浦から離水にかかる鹿島空の水上中間練習機。後席のインストラクターが事故要因に目を配るために身をのり出す。

一〇〇名は五〇名ずつA班とB班に分かれて学生舎に居住。搭乗への心得や操縦に関する講義、ハトポッポとも呼んだ地上練習機すなわちシミュレイターに乗って準備し、六月に入るとすぐに飛行作業が始まった。午前にA班が飛行ならB班は座学など、翌日はその逆という時間配分だ。

機材は九三式水上中間練習機、略称・水中練。重松善彦学生の記録によれば、初日の六月一日はほとんどの者にとって未知の世界である飛行を、教官・教員の操縦で体験するだけ。二日から後席の指示を仰ぎつつの離着水訓練が始まり、以後七月十七日まで二四回、合計一一時間二五分、同じ訓練が続く。この間、もちろん単に離着水だけ練習するのではなく、場周飛行に必要な上昇、旋回、降下も覚えこむ。

次の課目の同乗編隊飛行に移るまでの離着水の飛行回数は、陸上機へ行った同期予学の九三式陸中練の離着陸よりも一〜二割多い。搭乗するだけでも手間がかかり、なによりも風と水面の影響を敏感に受けるため、操縦桿とフットバーの操作が難しく、波風の状況判断を的確にできるまでに時間を要するからだ。追い風発進で離水不能、過早な降下による接地事故、横風離水のため転覆など、各種アクシデントは当然ながら生じた。

飛行作業は特殊飛行、計器飛行と続き、後席は課目ごとに教官・教員から予学同士の互乗に変わる。鹿島空は二座水上機の練空（北浦空、詫間空は三座）なので、後席が無人の単独飛行は設定されず、互乗がこれに相当する訓練だった。

九月末に終了した中練教程で、重松学生の飛行時数は四一時間。平均が五十余時間だったともいうから、かなり優秀な成績と思われる。平均値についても十二期予学までの小人数時

鹿島水上基地の格納庫群と海面へつながるコンクリート製の滑水台(スベリと呼んだ)。九三水中練が格納庫前に駐機中。

代に比べ、たった四割ほどでしかない。こればかりの経験で実用機へ進まねばならないのだから、技《ぎ》倆《りょう》面での積み残しがあってあたり前で、なんら彼らの責任ではない。

一室八名の学生舎は清潔で、木製の二段ベッドを使った。温習室での自由時間を同級生ばかりでトランプ、雑談、合唱などで楽しくすごしたが、一年前には民間の学生だったのだから、つい合宿的な娑婆《しゃば》っ気も出る。

六月末までは兵学校七十一期生徒出身の第四十期飛行学生（中尉）が、七月末までは七十二期出身の四十一期飛行学生（少尉）が、鹿島空で実用機教程をこなしていた。予学十四期のムードが彼らの士官舎に伝わり、教官も加わって、たびたび気合を入れられた。その度合がエスカレートしたのは、七十三期出身の四十二期飛学二〇名が霞ヶ浦空で中練を終えて着隊した八月末からだ。

温和な傾向の七十二期に比べて七十一期は荒武者が多く、その薫陶を受けた七十三期は〝土方《どかた》クラス〟と自認するほど向こう意気が強かった。九月早早少尉に進級の彼らは学生舎の数室を割り当てられ、十四期予学と同じ屋根の下に起居する日々が始まった。

すんなり両者が融合できるはずがない。階段を駆け足でなく歩いて昇るなど隊舎内外の予学の挙動をとがめて、飛学が「待て」をかけ、修正（殴打による気合の注入）する。飛行作業が終わったのち「巡検後、学生舎裏集合」で毎晩のように、整列した予学に往復の鉄拳が見舞われた。これに少数いた十三期予学出身の教官（少尉。この時点では兵学校七十三期よりも先任）も加わったという。

「いまも許せない気持ちです。一回の修正で一五発食ったこともある。十三期（予学）との軋轢《あつれき》はあまりなく、むしろ友人的な感覚でした」

「全体としての修正は受けたが、特定者をピックアップしたかたちでやらなかった点は、フェアと言っていいのでは。十三期についても、手加減したらかえってまずい結果を招きかねない、と判断しての迎合とも思えます」

「七十三期からは、われわれがだらしなく見えたのでしょう。誰もが、合計で一〇〇発をかるく超えるほどアゴをもらった（殴られた）。『十四期は予学の名折れだ』と尻馬に乗った十三期がいました」

戦後半世紀余をへた現在（二〇〇一年）も、修正への回想はさまざまな思いがこもる。厳密な客観性の度合はともかく、どの言葉も率直な内容だ。殴ったほうは忘れても、殴られた者には忘れがたい出来事である。

たび重なる修正は、両者の越し方の決定的な違いに要因があろう。

中学四〜五年生から兵学校に入校して以来三年近くのあいだ、将校すなわち指揮官になる教育を専門に受けてきた者にとって、規律の緩んだ姿は見すごせるものではない。そして彼らには、修正は人格を鍛え上げる日常的な一手段だった。鹿島空が軍隊である以上、兵学校出身者の常識が隊内の常識であり、下位者の予備学生は入隊経緯の如何《いかん》を問わずそれに従わねばならない。

半面で、兵学校出身の士官は海軍の骨格をなすとの自負から、相当数の者が反故《ほご》になった旧軍令承行令を精神的に順守して、階級にかかわらず予備士官、特務士官を下位に見なしがちだったのは否めない。狭い世界での経験しかない彼らのこうした思いが、過度の修正につながった可能性は少なからず存在する。

この問題には、士官と予備士官の人数差、兵学校出身の上級指揮官の思惑がからんだ戦術面など、他の要素も大きく影響してくるため、短兵急に結論づけられず、筆者の考えをつぶさに述べるのはのちの機会に譲りたい。

実用機は大休止

十月に入ってまもなく、十四期予学の実用機教程が始まった。同じ複葉でも全金属製で単

後席の視界が広い零式練習用観測機で14期予学の離着水訓練。

フロート、八〇〇馬力エンジン装備の零式観測機は、羽布張りで三〇〇馬力の水中練とはまったく異質の機材だった。誰もが「ゼロカン」と呼んだ。

初日、大谷眞一学生は複操縦装置付きの機の前席に座り、まず滑水時に、水中舵がない単フロート機の、トルクの反作用による左方偏向性の強さを体験。続いて、後席が行なう模範操縦に連動した、操縦桿とフットバーの激しい動きに驚かされた。

十四期予学には稀《まれ》な学生飛行連盟出身で、九〇式水上練習機の経験から、水中練では困らなかった深田鑛太郎学生だが、水面での安定性が低い単フロート機の離着水、とりわけ着水は初めて味わうやりにくさだった。

飛行中の主導権はあっても下士官の教員は階級が下だから、不充分な操作には「だめですよ」「も少し引きなさい」とていねいな言葉をつかう。ところが戦地帰りの上飛曹は、深田学生が着水位置を示す浮き板を間違えると「バカタレ！　どこに着けたんだ⁉」とどなり、「両手を離せ」と命じて、背面飛行のまま霞ヶ浦上空を一周。落ちてくる座席内のホコリにまみれながら、教えられる立場だからと、深田学生はこの手荒い処置に文句をつけなかった。

教官のなかで随一の技倆と言っていい、温厚な特務士官・藤田信雄少尉。二年前の十七年九月、伊号第二十五潜水艦搭載の零式小型水上機に乗り、米オレゴン州の山林を爆撃した戦歴で知られていた。岩瀬一郎学生が同乗してもらった日は風が強かった。だが、後席の藤田少尉が操縦して等速等高度直線飛行に入ると、計器の針も玉もピタリと止まって微動だにせず、岩瀬学生を感服させている。

零観の飛行作業は、水中練のときと同じく一回三〇分前後。順調に進んだが、離着水訓練の九〜一〇回目を終えた十月下旬に中断された。燃料が乏しくなったため、四十二期飛学の訓練だけにしぼったのだ。

大量採用の予学が飛行訓練を受けた十九〜二十年に、飛学と訓練が重なった場合、どの練空でも飛行時間（つまり燃料）と機材の両面で飛学を優先した。この傾向は実施部隊での慣熟飛行にも受け継がれている。それには人数の差、卒業後の指揮官としての立場の軽重、戦闘に対する素質の平均値の差、海軍の人的構成とシステムなど、種々の理由が考えられ、妥当な面、不可抗力な面のほかに理不尽な面も見受けられる。しかし理不尽は管轄者、統率者の判断が生んだもので、両学生たちには関わりがない。

翼なき鹿島空の予学たちは、陸戦演習や座学、整備訓練、運動に明け暮れた。この状況は北浦空でも同じで、連日の球技に「北浦バレーボール専修予備校」と自称し、それを聞き知った教官から整列ビンタを受けている。

十二月二十五日付で十四期予学は少尉に任官。被訓練者としての呼称も予備学生から特修学生に変わったが、飛ぶ機会のないまま年が明け、昭和二十年を迎える。

待ち望んだ飛行作業が一月十一日に再開された。三日も操縦しないと勘がにぶるといわれるのに、五〇日もブランクがあったから、まず水中練で二回飛んで零観の座席に復帰した。

喜びも束《つか》のま、月末に飛行作業中止の命令が出て地上専門にUターン。中止の理由はやはり燃料の不足だったようだ。

用途は特攻だけ

内地上空の敵機といえば前年十一月から来襲し始めたB-29だけだったのが、二月十六日に変わった。早朝から第58任務部隊の空母を発艦した艦上機の大群が、関東各地の航空施設に襲いかかったからだ。

敵の先鋒を務めるF6Fの威力を分かっているはずなのに、鹿島空は水上機による邀撃《ようげき》を決意する。発進したのは教官、教員が乗る二式水上戦闘機五機と零観六機。鹿島空の二式水戦の配備期間は編成上は十八年六月までだが、その後も補助機材として保有し続けてきた。

水戦に勝ち目はないが、いちおう戦闘機の仲間だから出撃は仕方がないとしても、三〇キロの対空用三号爆弾を積んだ零観を上げるのは信じがたい感覚だ。作戦決定は司令・森田千里大佐、飛行長・坂本照道少佐、飛行隊長・永野勉大尉のうちの誰かだが、たとえソロモン以来の惨状を知らなくても、性能表を見れば落とされるだけなのは明らかだ。

　水戦搭乗員は戦地帰りの撃墜経験者が主体で、うち二機がＦ６Ｆ群と空戦して一機撃墜を報じ、一機が落とされた。藤田少尉が率いる零観隊は二〜三機が故障などで引き返したのち、上昇中に高位からＦ６Ｆ編隊に襲われ、たちまち二機が被弾、墜落した。攻撃したのは空母「ランドルフ」搭載の第12戦闘爆撃飛行隊の所属機だ。

教官、教員が操縦する二式水上戦闘機（左）と零式観測機。夕暮れが近い鹿島空のスベリで。右手前は牽引ロープの片付け。

　操縦席前方の主燃料タンクから発火、付けていた三号爆弾が破裂して左翼がちぎれ、きりもみで墜落する火ダルマの零観から、落下傘降下で生還できた、安岡恒友一飛曹—吉田寅次郎二飛曹ペアは幸運だった。「写真で見てＦ６Ｆがすごい戦闘機なのはよく知っていた。だが想像していたよりはるかに速い」と安岡氏は回想している。

　開戦から一年ほどのあいだ、運動性を生かして戦闘機にも勝てる、と言われた零観神話は、司令や飛行長の脳内ではともかく、昭和二十年の鹿島空にさすがに生きていなかった。「低速で貧弱な武装。とても米戦闘機には太刀打ちできない」との深田、大谷《おおや》眞一両少尉の判断が特修学生の思いを代表していたようだ。ただし、そうした意見を交わし合いはしなかったという。

本土周辺の制空権すら失いかけていたこの時期、零観が担いうる第一線任務はほとんどなく、唯一特攻機に使う道だけが残されていた。

これは二月二十日、森田司令からの特攻隊編成の令達により一気に具体化した。飛行長、飛行隊長らがガンルーム（練兵場だったともいう）にやってきて、分隊長が十四期予学出身の特修学生たちに「時勢がこれ（特攻）を要求している。本人の自由意思でのぞめ」と話した。その後「希望者は一歩前」と意思表明の機会が与えられたとも、一方的な指名だったともいわれ、判然としない。

特攻要員に選ばれたのは三〇名あまりで、錬成班の名が付いた。人数が三分の一にしぼられたのは保有機数の関係だろう。

「やがては特攻要員になる予感があったから、来るべきものが来たと思い、きわ立った動揺はなかった。仲間とも特に話し合いはせず、むしろ気持ちに張りが出ました」

「確かに重い気分だが、男だから国の戦に殉じる、という気持ちが半分ありました。非常な辛さは覚えませんでした」

指名を受けたのちの３月、学生舎の裏に造られた掩体壕の横に、14期予学出の特攻予定者である錬成班のうち８名が集まった。前列左から岩瀬一郎、大谷眞一、芝池静三、浅野一郎、深田鑛太郎少尉。後列左から白井島和、渡部美彦、池辺重雄少尉。そでに縫い付けられた日の丸は味方表示用だ。

深田さんと岩瀬さんはそれぞれ、このように語る。半世紀あまりのへだたりが二人の記憶を薄めたかも知れないが、大きく歪めているとは思えない。

大谷さんの回想はニュアンスが異なる。「どうして必死の作戦なのか。死刑宣告と同じだ。悪いことをしていないのに死刑か」「しかし、煩悶は初めだけでした。訓練が始まると、死を忘れました。技倆が上がるのが面白く、夜は疲れてすぐに寝てしまった。敵艦船に到達する前に全機落とされる、と覚悟はしても、そのために気力が萎《な》えたり、神経をさいなまれたりはしませんでした」

徴兵猶予の恩典消滅で入隊した異色の予備学生と見なされ、あまたの修正を受けた十四期予学の、死に直面しての心境は、他の出身にいささかも劣るところがない。

訓練、本格化

残る特学(特修学生)六十余名は地上勤務を続行するが、錬成班はさっそく二月二十三日から飛行作業を再開した。全員が零観ではなく、羽布《はふ》張りの九五式水上偵察機をあてがわれた者が、四分の一の八名ほどいた。構造が零観に比べてヤワなうえ、ベタ凪《なぎ》時の着水が転倒につながりかねない九五水偵は、むしろ操縦の難度が高かった。

二月末、新司令の大橋富士郎大佐が着任し、やかましかった四十二期飛学たちは実用機教程を終えて実施部隊へ転出。錬成班にとって好転した環境のもと、三月一日以降、ほぼ連日の飛行が始まる。

引き続き教官・教員同乗の離着水と、初めての編隊降下訓練。後者は特攻攻撃の機動への布石だ。初日は一人あたり、三〇分ずつ五回前後も飛んだ。速《すみ》やかな技倆向上をはかるためと、四十二期飛学が使っていた燃料をまわされたからだ。以後、一日複数回の飛行がしばしばあった。三月上旬のうちに特学同士が互乗しての零観〝単独〟を果たす。

同月中旬、特攻をめざす対応が進んだ。

霞ヶ浦西岸に位置する鹿島水上基地は、敵艦上機が来襲するつど攻撃を受け、集中的な訓練を続けるのに不安があるため、分散駐機場に使っていた六キロ南東の浮島《うきしま》へ十五日に訓練基地を移した。鹿島空と違って、コンクリート製の滑走台《スベリ》や格納庫などの施設がなく、敵機に見つかりにくい。教官・教員と錬成班は内火艇で往復し、昼食も運んでもらった。

ついで十七日、十四期予学出身の新たな特学たちが鹿島空に現われた。彼ら二五名の少尉は偵察要員で、偵察術の中練教程を静岡県の大井空で修了し、実用機の後席でシラバスの最終部分を学ぶべくやってきたのだ。

砂浜だけの浮島で岩瀬少尉が特攻用飛行作業の指示を受ける。背中は超ベテラン藤田信雄中尉、左が13期予学の中尉で教官。

大井空で同期一七〇名の学生長を務めた豊﨑昌二少尉は、かねてより飛行機と艦船のファンだったが、海兵団では生命の危険が少ない主計見習尉官を望んだ。しかし視力のよさも手伝って飛行予学に合格し、土浦空に入隊。電信が得意なので志望した、偵察コースには乗れたけれども、前途に戦死率が最高の任務が待っていた。

大井空を出るときに漠然と感じていた特攻要員への高い可能性は、早くも鹿島空到着の翌十八日に現実のものとして現われる。非常呼集がかけられ、零観二五機のほか、九五水偵、九四水偵、零水偵、合わせて一〇機を、特攻用の爆装機に改修する命令が下されたのだ。

それから一週間たらずで、分隊長の柳原滋大尉から一人ずつ呼び出しがかかり、二日間の口頭試問を受けた。永野飛行隊長が同席の室内で、柳原大尉は家庭状況をたずね、特攻希望を問う。豊﨑少尉は次男だった。とりたてて緊張はしなかったが、必死攻撃については「恐いです」と率直に感想を述べた。

彼と大庭《おおば》健三少尉、高野俊少尉ら一四名が錬成班に編入されたのは三月二十六日。大井空の学生四名相乗りの機上作業練習機「白菊」とはまったく乗りごこちが異なる、三座の九四水偵でまず水上機に慣れ、ついで同期生が操縦する零観の後席に座る。

練空特攻の裏側

昭和二十年三月の後半、米軍は沖縄攻略を前に、たて続けの攻勢に出た。第58任務部隊の艦上機群が九州、西日本、沖縄南部を連続的に襲い、二十六日には慶良間《けらま》列島に上陸。これを受けて、連合艦隊司令部は天一号作戦を発動した。

沖縄決戦の主兵は航空特攻である。当初は第三、第五航空艦隊の通常攻撃と実用機特攻を合わせて、海軍は一二〇〇機の用意が限度だったが、二月四日の軍令部関係者の研究会によってこれが一変する。

軍令部第一課長・田口太郎をはじめ、寺崎隆治、松浦五郎、大前敏一、寺井義守といった大佐、中佐らは、口々に特攻の大量投入と練習機の特攻機化を言いたて、「行けばたいてい命中する」「練習生に練習機で特攻させる研究が必要」とまで述べた。立場上、彼らは軍の最後方に位置し、特攻戦死する（あるいはさせられる）可能性はゼロだ。

彼ら軍令部の面々の発言内容は、杜撰《ずさん》かつ低劣をきわめる。こんなものが起死回生策として扱われるのも、敗色濃い軍国日本ならではの特異な現象だ。有為の若人の愛国心に乗じ、あるいは拒否しがたい状態に置いて特攻に応じさせ、大勢を死地に送りこんだ以上、敗戦後に責を負うのが必然なのに、一億総懺悔《ざんげ》のムードのなかで遁《のが》れきり、裁かれもせず、非道の自覚もなく、恩給／年金付きの余生を全うしてしまう。

この研究会で出た意見が方針としてまとめられ、練習用機の特攻使用が決定。練習航空隊の上部組織の連合航空隊（連空と略称）を束ねる練習連合航空総隊（連空総隊と略称）司令官は、四月末の概成をめざして二月十八日以降の特攻訓練を下令する。

使用機は、B‐29邀撃に必要で航続距離も短い「紫電」「紫電改」と「雷電」以外の、すべての機種。小型機の場合、一ヵ月の平均飛行作業は二〇時間とする。

特攻要員については、教官と教員の二分の一～三分の一と、予備学生・特修学生および飛行練習生を充当。まもなく実用機教程を終える四十二期飛行学生（第七十三期兵学校生徒出身）は繰り上げ卒業、中練教程中の四十三期飛学（同七十四期出身）は現行のまま教育続行で、ともに飛行学生のうちは特攻要員指名から除外する。つまりこの時点では、特攻士官のほとんどを、十三期、十四期予学および一期予生出身者でまかなう算段だった。

三月一日付で連空総隊は解隊。田口課長らの研究会の意向どおり第十航空艦隊に改編され、第十一、十二、十三連合航空隊が麾下《きか》に入って各連空は作戦部隊化されたため、沖縄戦への投入可能機数は一気に二〇〇〇機アップの三二〇〇機にふくらんだ。なお、鹿島航空隊を含む十一連空は五月五日付で解隊にいたり、所属の各練空は十航艦司令長官の直率部隊へと変わる。

鹿島空で操縦教育を受けた十四期予学出身の操縦要員と、大井空から移ってきた同期の偵察要員が、特攻を前提とした錬成班に入れられた背景は、このように理不尽な判断と処置でできていた。

激突をめざして

沖縄の嘉手納海岸に米軍が上陸した四月一日、錬成班の少尉たちは特修学生を修了し、航空隊付（隊付と略す）に補任された。教育課程を終え、額面上、一人前の士官搭乗員として航空隊の構成員へと進んだのだ。

特修学生卒業の申達式は、全隊員を集めて練兵場で催された。彼らにとって海兵団入団後一年四ヵ月の訓練を終えてつかんだ誇らしさだったが、続いて行なわれた特攻隊命名式と申し渡しが感情に変化をもたらしたはずだ。

鹿島空特攻隊の隊名は竜隊と告示された。ついで「特別攻撃隊員を命ずる」と司令・大橋大佐の声がひびき、錬成班のメンバーを主体に、指揮官要員の十三期予学出身者と飛行予科練習生出身の下士官兵が、一人ずつ名を呼ばれた。

錬成班だった大谷さんは「覚悟していたとはいえ、背筋に冷たいものが走った」と回想する。だが、当人には強烈なインパクトを伴うはずなのに、申し渡しの記憶が薄い人が多い。戦後の歳月のためもあろうが、特攻の希望を問われ錬成班に入って以来、必死戦法がつねに脳裏に引っかかって日常化していたから、とも考えられる。

特学から隊付に変わって、食事の内容が大幅にアップ。もちろん飛行作業は続けられた。零観操縦の重松少尉の記録では、三月の飛行時数一八・五時間にくらべ四月は二一・五時間。

鹿島水上基地で零観の右下翼に三種軍装の大谷少尉が座る。4月以降、彼の実戦参加はすなわち敵艦への突入戦死だった。

二月なかばに連空総隊が定めた一ヵ月二〇時間が順守されているのが分かる。おおむね、編隊飛行、夜間飛行（黎明、薄暮を含む）、計器飛行、急降下・降下爆撃、総合（各課目混合）の順で、これも連空総隊の指令に準じている。

四月の訓練の重点は、月間飛行時数の四割強の九時間を占める計器飛行に置かれた。席内に頭を入れた操縦員が計器だけをにらみ、偵察員の指示どおりに操作して、三地点を結ぶ。洋上飛行で機動部隊をめざすのに不可欠な航法訓練（この場合は三角航法）を兼ねており、ペアを組む後席の偵察員の腕の見せどころでもある。

速度も武装も非力な零観では昼間の進撃は困難なので、夜間出動を主体にする予定だったようだ。そのさいには、偵察員の負担がいちだんと増す。

通信も後席の重要な役目だ。零観の九六式空二号無線電信機は、電信と電話の両方が可能だが、鹿島空では電話をまったく使わなかった。偵察員が乗るのだから、聞こえがたい電話をやめて、電信一本にしたのだろう。「酔いに強かったので、機上作業でゲロは吐きませんでした。空地間のトンツー（電信）は明瞭に聴こえます。空対空も同じだが、密接な編隊だと（手持ちの）黒板に書いて示しました」と豊﨑さんは語る。

急降下／降爆訓練はすなわち突入訓練だ。深田さんの記憶では「降下角は四〇度前後。高度二〇〇〇～二五〇〇メートルから降下に入れ、八〇〇メートルで引き起こし」だった。厳密には海軍の急降下は四五度以上を言うけれども、急機動に不なれな者にとっては三〇度を超えれば急降下の感覚だ。

それを、見た目がひ弱な複葉機でやる。「早く機首を起こしたい気持ちを抑えに抑え、いざ引き起こすと猛烈なGで肩がのめりこみ、一瞬目の前が真っ暗になります」。岩瀬さんの述懐は少しもオーバーではない。

四月二十九日の編隊降爆訓練（三〜四機編隊を解き、順次降下）のおり、浮島から発進にかかる重松少尉機の偵察席には、操縦の大谷少尉が座っていた。九五水偵組だった大谷少尉は、機材不足から零観に移されたため、少しでも慣れる目的で同乗したのだ。

二番機の重松機は滑水時に、一番機の右後方に位置するところを真後ろに随《つ》いてしまった。その位置で桿を引いて一番機より先に離水し、直下に入った一番機を避けようと左へバンク（機を傾ける）。この機動で失速し、霞ヶ浦の水面に突っこんだ。浮島からこの事故を見た者には二人とも殉職と思えたが、大谷少尉は手足のつっぱりで体を支えて傷一つ負わず、操縦席の重松少尉も無事で、ともに主フロートに上がって救助を待った。

二日前にも九五水偵が利根川に不時着し、搭乗員が負傷したが、ほかには人命や機材喪失につながる事故は夏にいたるまで起きなかった。上出来と言える状況だろう。

鹿島空特攻隊員のなかで、隊長を務める平田捨夫中尉だけが兵学校出身者だった。二月末に卒業した四十二期飛学のうち、二名が教官として残留。一名はまもなく転勤し、飛行士（飛行長の補佐役）を兼務の平田中尉が四月初めに、司令以下の航空隊幹部のつどう席で指名の内示を受けた。

特攻配置に異存はない。ただ、飛行学生を終えたばかりの新米中尉に、三二機もの隊のトップは荷が重すぎると思い、「分隊長が特攻隊長をやって下さい」と希望を述べた。しかし分隊長も先任の分隊士も三座の操縦員だったため、彼が過負担をこなすしかなかった。

後述する詫間空、北浦空、天草空の特攻戦死者に、兵学校出身の搭乗員が皆無だったことを考えれば、平田中尉の役割の重さが、より際立って感じられる。

九五水偵と水戦は別立て

三〇名あまり（正確には当初三二名といわれる）の十四期予学錬成班の操縦員のうち、少数派の九五水偵組の状況は、回想が異なり判然としない部分が多い。初めの八名が二人（一人は大谷少尉）抜けて六名に減り、ついで二式水戦に乗り換えたとの説がある。また一説には、一〇名ほどが選ばれ、九五水偵と二式水戦に二分されたともいう。

錬成班偵察員で九五水偵へまわった山田義彦さんの記憶では、十三期予学の操縦員も三〜四名いた。「特攻隊員になるのは必然、と覚悟しました。ただし突入に使うのは、飛行中に下翼の羽布がはがれてバタバタ鳴るボロな九五水偵ではなく、零観だろうと思っていた。夜間に後続機のために照明弾を落とすタイミング（高度、コースなど）を坂本飛行長に意見具申したこともあります」

やや先の話だが、九五水偵・二式水戦組は六月二十日に、霞ヶ浦の東の北浦西岸に位置する北浦基地へ移動する。

北浦基地には、昭和十七年四月に鹿島空分遣隊が改編された北浦空が置かれ、十九〜二十年には鹿島空の二座に対し、三座水偵の操縦教育を担当した。二十年四月のうちに、零水偵と九四水偵の全力が特攻待機のため詫間空に進出。五月前半に魁《さきがけ》隊の名で、十三、十四期予学と予科練出身者で構成される搭乗員二五名、合計一一機が沖縄周辺海域に突入した。

搭乗員と機材を特攻にふり向けた北浦空は五月五日付で解隊、単なる水上基地に変わった。北浦空付だった隊員（詫間基地在隊の特攻隊員を含む）には同日、鹿島空に転入の措置がとられた。

鹿島空の指揮所から射出機に載せられた九五式水上偵察機を見る。射出訓練を受けられた予学は12期までで、艦隊勤務には縁がない13期と14期には使用されなかった。

九五水偵・二式水戦組の北浦基地への移動は、Ｂ－29、Ｐ－51、Ｆ６Ｆなどの空襲から戦力を守るための分散が目的であったらしい。鹿島空よりのんびりしており、山田少尉は飛行作業に追われる時間もなかった。彼らは、七月に入って特攻準備のため呼びもどされるまで、三週間ほどを北浦ですごす。

「零観から四～五名が二式水戦に変わりました。九五水偵の経験はありません」と思い出を語るのが十四期予学出身の浅野一郎さん。「二式水戦で飛ぶ前に『これを乗りこなせれば水戦はかんたん』と言われ、二座の単葉・単フロート機（不詳。高速水偵「紫雲」か）に搭乗しました。離水時の左への偏向が激しい。滑油が漏れやすく、風防に黒くかかって前が見えなくなります。零観よりずっと難しかった」

対照的に、バランスがとれていて素晴らしいと感じたのが二式水戦だった。「垂直旋回はもとより、零観ではやっていないロールも容易にできる。のちに乗った機首が重い『強風』よりも、突っこみがよかった」

浅野さんの回想で特異なのは、他の錬成班メンバーの記憶とは違って、北浦基地へは行っていない、という点だ。鹿島空で訓練ののち、鈴木幹人少尉ら同期二〜三名と、愛知県知多半島の東岸の第二河和《こうわ》空に転勤。西村飛行隊長の発案の米上陸部隊攻撃法、一発九キロほどの二十八号ロケット爆弾による夜間銃爆撃をめざして、水上戦闘機「強風」の操縦訓練を続けるうちに敗戦を迎える。

ダミーの重さ

天一号作戦の主担当・五航艦に全面協力の十航艦からは、北浦空の魁隊をふくめ特攻隊があいついで南九州に進出した。鹿島空でも昭和十九年十月〜二十年二月にかけて、四十二期飛行学生の訓練優先ゆえの十四期予学の飛行作業停止がなかったなら、彼らも魁隊とともに突入していただろう。

練習航空隊ばかりを集めて五月五日付で第十三航空戦隊が新編され、即日三航艦に編入された。鹿島空も同日、十三航戦の一隊に加えられた。特攻専門の十航艦の直属部隊から、東日本の航空戦を受け持つ三航艦司令長官の麾下に移っても、鹿島空錬成班の目的は変わらなかった。

五月の浮島では、初日に編隊・突入訓練を実施ののちは、夜間飛行と計器飛行に終始した。月間飛行時数二三時間のうち、大半の二〇時間をあてている。

沖縄戦の零観特攻は天草空だけが五月二十四日から実施し、四回にわたり十三、十四期予学、一期予備生徒、予科練出身の一六名、九機が突入した。そのいずれもが深夜から未明にかけてで、昼間特攻だけの零水偵、九四水偵各隊とは反対の戦法を採った。接敵の可能性の点では、前者が当然ベターに思える。問題は技倆にあって、鹿島空ではそれゆえの訓練を進めたわけである。

夜間の編隊離水後、高度五〇～六〇メートルに達したとき、二番機の深田少尉が一番機に寄りすぎた。接触寸前に気づき、すぐに左へ離れたが、あとで一番機の野村栄一中尉から気合を入れられた。不注意ゆえの機動を逆に見れば、そこまで腕を上げていたと言えるかも知れない。滋賀からの零観空輸時に東京湾上空の暗雲をくぐり、風雨を突いて利根川沿いに霞ヶ浦に到達、僚機とともに一回で着水を決めたのが、少尉の術力向上の傍証だった。

錬成班でなくて飛行作業に加われずにいた、十四期予学出身の七〇名近い操縦要員。五月中旬、五名がほど近い霞ヶ浦空、四〇名が山形県の神町《じんまち》空へ、陸上機への転換教育を受ける

海上を低空飛行中のPB4Y-2哨戒爆撃機。6基の銃塔に12.7ミリ機銃を合計12梃、530キロもの各種耐弾鋼板を備え、ひよわな零観とはまったく対照的な機材だった。

べく転勤していった。乗機が変わっても、延長線上に特攻出撃が用意されるのは同じだ。

十四期でも逆に、偵察の少尉たちで錬成班から外された一一名は班員に組みこまれ、四月に入って着隊した大井空からの第二陣も全員が、七月上旬に特攻要員の指名を受ける。

二月十六日のF6F「ヘルキャット」初来襲時に三機が失われて以後の、鹿島空機の空戦による五月までの損失（途中編入の魁隊を含まず）は、翌十七日に索敵に出た零水偵一機の未帰還だけ。空襲時の対処がうまかったのだろうが、運のよさもあったに違いない。

つぎの未帰還は三ヵ月半もあとの五月三十一日。計器飛行訓練中の藤井義照中尉（十三期予学）―川崎精良少尉（十四期予学）ペアは、鹿島灘上空で「B－24」と交戦して未帰還。二日後に遺体が鉾田《ほこた》東方の海岸に流れ着いた。

この時期、本土周辺に一～二機で現われる「B－24」は、たいてい米海軍のPB4Y哨戒爆撃機だ。「紫電改」でも返り討ちにあう強火力と耐弾性を備え、零観の七・七ミリ機銃では歯が立たない。計器の読み取りに没頭中の藤井ペアが、硫黄島から飛来の第118哨戒爆撃飛行隊所属機に迫られ、射弾を浴びたのだろうか。本土の上空でありながら零観にとって、敵機のいる空域は被墜と戦死に直結した。

六月は梅雨のせいもあって、飛行作業が少なかった。そのなかで特異なのは、中旬に各々一〜二回ずつ実施された、爆弾搭載状態での離着水と編隊飛行だ。

鹿島基地上空で編隊飛行を訓練中の零観。カシ-30号機の胴体下に付けられた250キロの擬爆弾が見える。

零観の爆弾は下翼下面に六番（六〇キロ爆弾）一発ずつ計二発が標準で、特攻には威力不足だ。三月十八日の爆装下令で始まった三〇機あまりへの改修は、主フロートの前後の支柱間に二十五番（二五〇キロ爆弾）をワイヤロープでくくり付けるための爆弾架、というより単なる支持架を付加することだった。フロート前方支柱の後縁の干渉を避け、胴体の強力縦通材に固着させるために、右寄りに支持架が設けられた。

六月中旬の訓練では、形も重さも二十五番と同じ擬爆弾を搭載した。

「最初の離着水テストを私が行ないました。水深が浅い霞ヶ浦では、爆弾の重さでフロートが沈み、底をこする心配もあった。浅くなるほど離水しにくい法則との相乗効果のため、滑水距離が二倍近くにも伸びました」（平田さん）

「重くて馬力が足りない。波風が適度にないと離着水をやりにくく、爆装のままの着水は沈む思いにとらわれます。降爆時は起こしきれない感じです。爆弾を付けて帰った場合、強く右バンクをうてば落ちると聞かされたが、試した者はいません」（大谷さん）

「荷重が右寄りにかかっているのが分かります。離着水は確かに距離が伸びるが、ひどく過負担というほどではない」（岩瀬さん）

山田さんの回想は興味ぶかい。「爆弾は前進基地で積むのです。二十五番が右寄りなので、左翼下に六番を一発付けてバランスをとる方法に決まりました」

ともかく、これで特攻出動への準備は整った。

鹿島基地をあとにして

火事でも起きれば真っさきに運び出す御真影（天皇の写真）が、横須賀鎮守府へ移されたのは七月八日。これは鹿島空が北浦空と同じように、ちかぢか特攻用戦力を出し終えて解隊にいたるのを意味した。

沖縄決戦は六月下旬に地上戦が終末を迎えた。だが、周辺海域への特攻機の出番はまだあるし、九州上陸によって西日本の海空戦は激化が明らかだ。関東の航空戦力の西進は、必然だった。

鹿島空の地上員たちは、京都府の北西端の久美浜、島根県の宍道湖《しんじこ》に隣接する中海《なかのうみ》、福岡県博多湾の姪浜《めいのはま》にそれぞれ進出基地を設けるため、鹿島基地を離れ始めていた。四機あるいは三機で小隊を編成した特攻隊は、七月十六日に姪浜への移動開始と決まった。

同日の午後一時に鹿島基地を発つ予定だったが、まもなく正午というころ、硫黄島からのP－51D「マスタング」戦闘機群が襲ってきて、零観数機が破壊された。愛知、三重の航空施設を主目標にした米第Ⅶ戦闘機兵団の、一部の機が関東に飛来したのだ。

被害機が出たことで搭乗割が一部組み替えられ、当面の進出リストから外される者が出た。重松少尉とペアを組んで一〇日ほど、大井空からの第二陣だった小林猛雄少尉は、心の整理を終え、互いに任務の完遂を誓い合っていた。出撃から残留への状況の急変に、彼の心境は複雑だった。

二十日には進出予定者で最初の死亡者が出た。右翼の大立者の頭山満《とうやま》を崇拝する、熱血漢の偵察員・西田修一少尉は、九日の最後の上陸（外出）のさいに猫に嚙みつかれた。たいした傷ではなかったが、不運にもこの猫は狂犬病に侵されていて、ウイルスが西田少尉の身体に入って発病。たちまち症状が進み、病室内で暴れ、のたうった。

そんな身体で、最後の正気をふりしぼって部屋を抜け出し、ガンルームの黒板に「俺を残して行くか」と書きなぐった。彼のすさまじいまでの意思表示は実らずに終わり、二十三日に部隊葬が営まれた。

延期された出動は、七月二十五日に始まった。一番手は竹中教之中尉指揮の四機。御賜《おんし》の清酒で別盃をすませ、総員の壮行礼「帽振れ」に送られて、滑走台から海面へと進む。「二度と帰ってこられない」との想念が、列機の大谷少尉の胸をしめつけた。まさしく武人出征の鹿島立ちである。

二十七日にも同じ出陣の光景がくり返された。別盃を終え、御賜のタバコに火をつける。いまは送る側だが数日のうちに追及する深田少尉には、同窓で親しい白井島和少尉の表情が気にかかった。いつも朗《ほが》らかなのに、特攻に近づく重圧ゆえか、ひどく悲しげなのだ。

搭乗は一番機が塩野入《しおのいり》基展中尉—清水次男中尉の十三期予学ペア、二番機が白井少尉—中村慈孝二飛曹、三番機が折田孝少尉—豊崎少尉の十四期予学ペア、四番機が庄子俊一少尉—白水《しろうず》善信一飛曹。午後三時半に発進した零観四機は、二時間一〇分の飛行ののち、給油地の第二河和空に着いた。

その夜、折田少尉はガンルームのピアノで、ウェーバー作曲の「舞踏への勧誘」のイントロを巧みに弾いた。バイオリンの奏者でもあるペアの豊崎少尉は、折田少尉の意外な一面に驚いたが、これが最後の演奏と知れるはずはなかった。

火を噴く零観

豊崎少尉たちの小隊は、七月二十八日の午前四時に起床。第二河和空の広いエプロンで台車に載せられた零観に搭乗し、エンジンや電信機をチェックする。

発進にかかったのは払暁の五時二十分。見送る大谷少尉と高野少尉、岩瀬少尉と鍋田中尉の二個ペアが、偵察席に座る豊崎少尉の視野に入った。飛沫《ひまつ》と風を顔に受けつつ離水し、空中へ。

二十五日に鹿島空を出た大谷ペアは、いまだ河和空にいた。離水時にエンジンが故障、漁

上：３番機の操縦員・折田孝少尉。ただしこの写真の機材は練習用の零観で、頭当てがない。下：３番機の偵察員・豊崎昌二少尉。主フロート支柱の右側に爆弾架を取り付けた特攻仕様機のかたわらで。

船に曳航してもらったが、本来なら機首と両翼端に付けた三本の曳索で引くところを、一本でやり、折からの強風を受けて転覆してしまったからだ。機は回収され、分解、洗浄により再使用が可能な状態にもどされていた。

岩瀬少尉らの小隊は前日、豊﨑少尉らより少し早く鹿島を出発。河和で一泊し、エンジンの調子が悪い岩瀬機だけが出遅れていた。

折田―豊﨑機は一番機の左後方につき、針路を三一三度にとって、高度をかせぎつつ久美浜をめざす。高度四〇〇メートルから見る四日市港はひどい被爆状態だ。前方の難所、鈴鹿山脈に広く積乱雲が湧いている。

引き返す気なのか、一番機が河和空と鹿島空を呼び出す電信を豊﨑少尉は傍受したが、応答が入ってこない。一番機を先頭に大きく右旋回し高度を上げて、雲高一四〇〇メートルの積雲の上に出た。やはり行くのだ。焦土の名古屋を右手遠くに見つつ飛びすぎ、彦根上空から琵琶湖にさしかかる。湖面と連峰の美しさに、折田少尉が伝声管で、バッグの中の写真機を取ってほしいと豊﨑少尉に頼んだ。

しばしば通過記録をとっていた豊﨑少尉は、四番機の庄子少尉が手先信号で燃量計の不調を伝えてきたので、自機の計器を読んで、残量を「３００L」と黒板に書いて示した。うなずく庄子少尉。地上からの連絡はない。午前六時半、高度一六〇〇メートル、断雲があるが視界は良好。一番機との間隔は一〇〇メートルほどか。

鹿島空の零観特攻機を襲った、軽空母「ベロウウッド」に搭載の第31戦闘飛行隊員とグラマンF6F-5。左からウィッカー少尉、ウルフ中尉、小隊長ラフマン大尉、オブライエン少尉。

三分後、バーンと音がして、同時に電信機が火を噴いた。コード類の焦げる臭い。折田少尉の姿は炎で見えない。零観はいきなり急降下に入った（折田少尉が戦死し、操縦桿を前へ倒したらしい）。その作用で豊崎少尉の身体は後席から抜け出て、機体を蹴ると分離した。

即座に落下傘が開く。移動時の義務と思って、自動曳索の環を左横の穴に掛けておいたのだ。落ちゆく乗機は見たが、ほかの三機はどうなったのか分からない。不可抗力の事態なのに、操縦員と乗機からの離脱がひどく悔やまれた。

左後方から灰色の機が現われ、先行の一機を追って、眼前五〇メートルを右下方へ飛び去る。増槽を付けていたようだ。あれはＰ－51か、それともＦ６Ｆ？

まもなく射撃音も爆音も消えた。ホッとして周りに目をやると、左下方に落下傘が二つあった。四番機のものだ、と豊崎少尉は直感した。傘体の下の人物は飛行服から煙が流れているのに、手をダラリと下げたまま身動きしない。さぞ、ひどい火傷《やけど》だろう。

ここでやっと自身の傷を意識した。火傷はないようだが、左手の指先が痛く、左足がしびれ、足先がつぶれた感じでやはり痛い。さいわい落下傘は無傷で、暗号書も身につけたままだ。落下傘の降下につれて、彼の思考は現実に即していった。

第38任務部隊は七月十日から日本本土の軍事施設、港湾に、連続的な空襲をかけ始めた。ただでさえ弱体化した航空兵力を、本土決戦の決号作戦用に温存する日本軍の、抵抗はないに等しく、米機動部隊の行動はやり放題と言ってよかった。

艦上機群の二十八日の攻撃は、名古屋から北九州にかけての広域に及んだ。このなかに、第38・1任務群に所属の軽空母ＣＶＬ－24「ベロウウッド」に搭載された、第31戦闘飛行隊のＦ６Ｆ－５が含まれていた。

第31戦闘飛行隊の各機は早朝に発艦。レリー・Ｉ・ラフマン大尉が率いる第3小隊四機は、目標空域の名古屋上空へ向かった。

琵琶湖東岸のすぐ西で、北北西へ飛行中の水上機四機編隊を見つけたラフマン大尉は、機種を正確に「ピート」（零観の米側呼称）と判断した。列機に無線電話で攻撃を伝えると、増速、接近して、一航過で全機を撃墜した。列機のパイロットは、二番機ジェイムズ・Ｔ・オブライエン少尉、三番機ジェローム・Ｌ・ウルフ・ジュニア中尉、四番機ハワード・Ｈ・

ウィッカー少尉。撃墜時刻は午前六時四十五分（空母時間）と記録された。

ログブックが意味するもの

三番機偵察員の豊崎少尉が空中に浮かんだとき、眼前を右下方へ抜けていく敵機の翼下に増槽が見えた。瞬間、P－51と閃《ひらめ》いたのは、鹿島空が空襲を受けたときに見た印象が強かったからでしょうか、と豊崎さんはあの苛烈な日をふり返る。

相手はＦ６Ｆだったから、増槽は実際は胴体の下に付いていた。この程度の誤認は、状況を考えればむしろ、しないほうが珍しいと言えよう。

敵が増槽を付けたまま攻撃したことに氏は違和感を抱いてきたが、実はさして不思議ではない行動だった。対する日本機が戦闘機の場合でも、Ｆ６Ｆが航続力を維持するため、増槽を投棄しないで空戦に入った例はまれではない。まして零観が相手なのだから。

昭和二十年春以降の本土の空は、多少の飛行性能の低下は問題にならないほどまでに、力量に大差がついた敵の空、日の丸の飛行機が飛べない空へと変わっていた。

当然のことだが、悲痛な空戦の記憶が脳裏を去らない豊崎さんは、直接・間接の資料を集め始めた。協力者のグレゴリー・スタイミス夫妻の調査によって、自分たちを撃墜した小隊長ラフマン大尉の居所が判明したのは二〇〇〇年だ。元大尉はすでに世を去っていたけれども、戦後に結婚した夫人が遺品の中から飛行記録簿《ログブック》を見つけ、該当ページのコピーを提供し

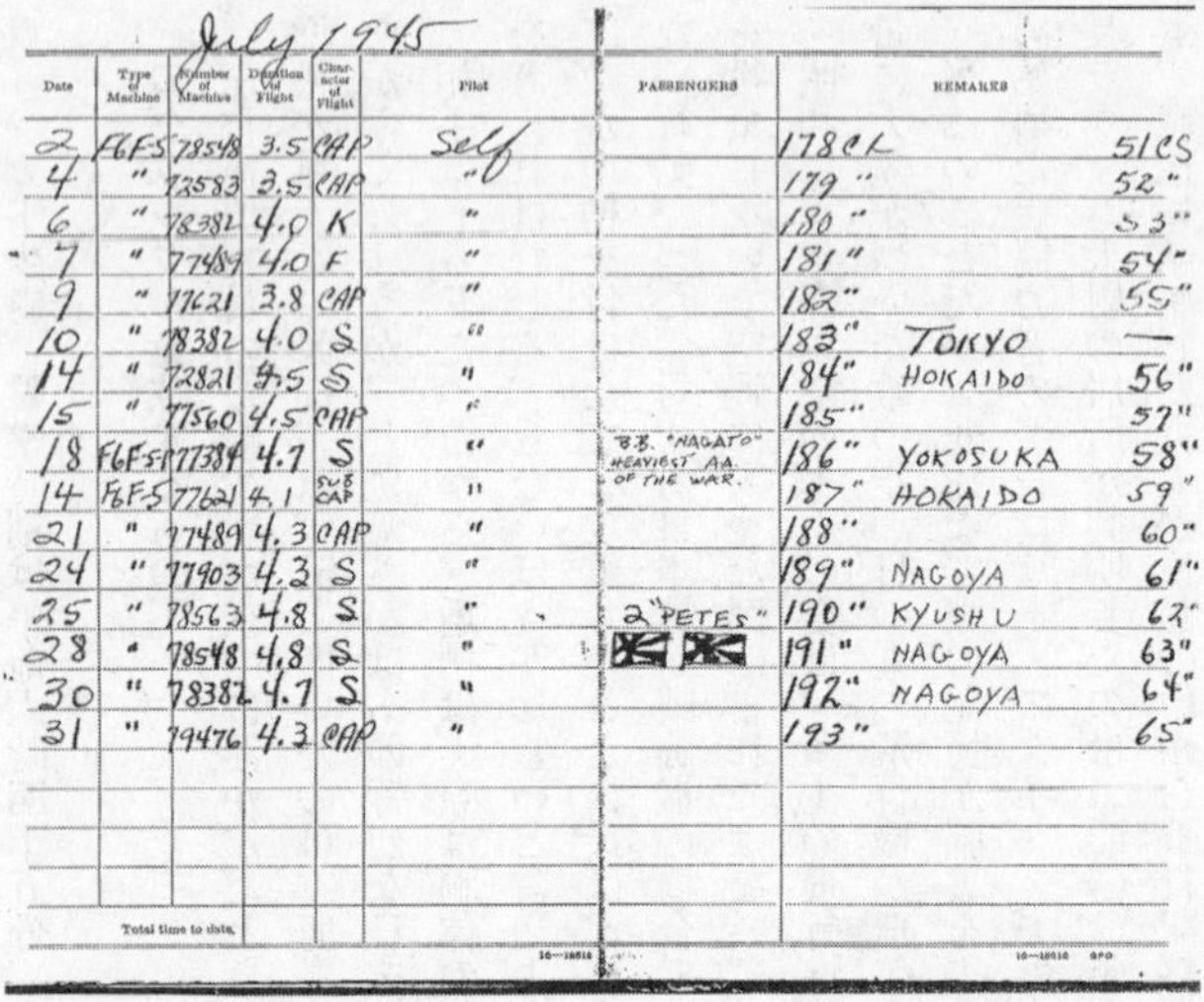

July 1945

Date	Type of Machine	Number of Machine	Duration of Flight	Character of Flight	Pilot	Passengers	Remarks
2	F6F-5	78548	3.5	CAP	Self		178 CL 51 CS
4	"	72583	3.5	CAP	"		179 " 52 "
6	"	78382	4.0	K	"		180 " 53"
7	"	77489	4.0	F	"		181" 54"
9	"	77621	3.8	CAP	"		182" 55"
10	"	78382	4.0	S	"		183" TOKYO —
14	"	72821	4.5	S	"		184" HOKAIDO 56"
15	"	77560	4.5	CAP	"		185" 57"
18	F6F-5P	77384	4.7	S	"	B.B. "NAGATO" HEAVIEST AA OF THE WAR.	186" YOKOSUKA 58"
14	F6F-5	77621	4.1	SUB CAP	"		187" HOKAIDO 59"
21	"	77489	4.3	CAP	"		188" 60"
24	"	77903	4.3	S	"		189" NAGOYA 61"
25	"	78563	4.8	S	"	2 "PETES"	190" KYUSHU 62"
28	"	78548	4.8	S	"		191" NAGOYA 63"
30	"	78382	4.7	S	"		192" NAGOYA 64"
31	"	79476	4.3	CAP	"		193" 65"
Total time to date,							

ラフマン大尉の飛行記録簿。撃墜マークの２つの旭日旗に注意されたい。

てくれた。

　七月十日から三十一日までの記述事項を見ると、戦争最終段階における米艦戦隊の傍若無人な侵攻ぶりが容易に想像できる。軽空母「ベロウウッド」搭載の第31戦闘飛行隊は、東京を空襲したら四日後には北海道、ついで横須賀、さらに名古屋、九州と、まさしく東奔西走の空域制覇《せいは》だ。

　興味ぶかいのは搭乗機で、ラフマン大尉は七月の合計一六回の任務飛行で、なんと一一機のF6F－5（うち一機は偵察機型の－5P）を使っている。同一機で三回搭乗が最多だから、大尉で編隊長クラスでも専用機を持たず、ほぼアトランダムに割り当てられる感じだ。この様相は、誰が操縦しても癖が出ないF6Fの優れた均一性と、それを生んだ米工業力の高水準をものがたる。

肝心の二十八日の飛行種目の欄にある「S」はSweep（掃討）かScout（索敵）あるいはSearch（捜索）の頭文字だろう。二つの軍艦旗の上に「2〝PETES〟」とあるから、ラフマン大尉は零観二機の単独撃墜を確信していたわけだ。しかし米海軍の公式記録では、小隊の四機が一機ずつを落としたと表示されている。両者の違いを推定するのは、さほど困難ではないと思う。

ラフマンは前年六月のマリアナ航空戦で、零戦と二式飛行艇をそれぞれ一機撃墜し、ほかに零戦一機の協同撃墜（〇・五機）を報告していた。今回の列機のうち、ウルフ中尉は同じくマリアナ戦で零戦二機、続いてフィリピンで陸軍の二式戦闘機「鍾馗《しょうき》」を一機（加えて同機一機撃破）と、長機を上まわる数の撃墜を記録しているけれども、あとの二人は戦果を上げた経験を持たなかった。

米軍の小隊・フィンガーフォーの攻撃パターンと技倆から、実際はラフマンとウルフが二機ずつを落としたとも考えられる。このさき戦争は長くは続かず、日本機を捕捉、攻撃しうるチャンスはごくまれ、と判断して、記念に戦果を列機に分け与えたのではなかろうか。

村側の事情

F6Fに狙い撃ちされず、落下傘に穴もなく、豊﨑少尉は無事に降下し続けた。足の下が空気だけなのが実に心細い。

下方に山沿いの村落が見えた。それて山中に降りないように、吊索すなわち紐を操る。加速度的に地表が近づく。姿勢が背面だが、身をよじれないし、片足も動かせない。灌木《かんぼく》の茂みに着地。仰向けのまま横たわって、安堵《あんど》の息がもれた。傷の痛みはますますひどいが、降りて状況を伝えねばならない。山の斜面の下の村落まで、足を投げ出した姿勢で血まみれの身体を、気力だけでじりじり進めていく。

下の方に人の気配を感じた。「おーい」と呼ぶと、間をおいて「おーい」と返事が聞こえた。気を失いそうな激痛に耐えつつ、茂みをよけて蛇行で降りていくけれども、なにゆえか下からの声が近づいてこない。

琵琶湖の北西岸から九キロほど西へ入った、滋賀県今津町の三谷村（現在は角川地区）で、登校前の国民学校（小学校）の生徒たちが空戦を望見した。「東から飛んできた四機に、南東から現われた二機が撃ち、飛行機は燃えながら落ちていった」との回想のうち、F6Fが「二機」なのは、戦果の分与推測を思わせる、微妙な数字である。ほかにも追撃側を黒い色の二機とする目撃者がいるから、敵小隊は広く間隔をとって二分していたとも受け取れる。

炎を曳いて墜落するのが日本の飛行機とは分かったが、落下傘の搭乗員が日本軍人とは納得しにくかった。子供たちは「日本機が負けることは絶対にない」と、かねて教えこまれてきたからだ。

二機攻撃説を裏付ける証言が、空戦空域から南南東へ一〇キロあまりの常磐木《ときわぎ》地区に住む、国民学校最上級の六年生だった田中良一氏の目撃談だ。敵機の飛行を、距離をおいてちょうど後ろから見ており、具体的で信憑性《しんぴょうせい》が高い。

家の上空を航過していったF6F四機が二手に分かれ、左の二機はそのまま直進、右の二機は上昇旋回に移った。直進の二機が攻撃したらしく、撃たれた機が火に包まれて落ちるのが見えた。

激しいショックを感じた田中少年は、登校すると級友に空戦状況を話し、F6Fの優秀さを説いた。これが教師に知れ、教員室に呼びつけられて「敵をほめるやつは非国民だ！」と数発ビンタされたうえ、「憲兵隊に連れていかれるぞ」と叱責を受けたという。

三谷村では、軍隊経験のある壮年が日本刀をつかんで落下傘の降下現場に駆けつけ、クワ、竹槍をにぎった警防団員たちもやってきた。「おーい」と助けを求める声が聞こえても、米兵ではと警戒した村人たちは、すぐには近寄らなかった。

人影が見えるところまで下ってきた豊﨑少尉は「日本人だ！」と叫んだ。「足をやられて動けない。すみませんが降ろしてくれませんか」

日本語を聞いて、口々に「ああ、味方だ」と言い合う村人たち。袖や航空帽に縫い付けた日の丸も役立った。彼らの竹槍や農具を見た少尉は、迎えがすぐ来なかった理由が飲みこめた。「いま落ちたのはみんな友軍だから、救助を頼みます」。このときから墜落機の捜索、救助が始まった。

リヤカーに乗せられて公会堂へ。自身は気づかないが、被弾発火時の油煙、焼け焦げ、出血の凝固のため、豊﨑少尉の顔も飛行服も真っ黒で、「まだ生きている」の声が道端の村人からもれるほどだった。途中に居合わせた婦人たちが、食べ物はいらないか、傷はひどいのかと、素朴な親切で案じてくれる。

血で埋まった半長靴はこびりついて脱がせられず、ハサミで切る。公会堂の垢《あか》じみた畳に寝かされ、派出の看護婦が到着して、とりあえず止血処置を施してくれた。

生と死と

一番機、三番機、四番機はいずれも三谷村から一キロ以内の山地に、二番機だけが三キロ南東（琵琶湖寄り）に離れた悪谷《わるだに》に、それぞれ墜落した。北西方向の目的地・久美浜に向かい一、三、四、二番機の順で、おおむね直線上に並ぶかたちだ。

二番機の墜落地点から東へ一キロほどの梅原地区でも、早朝の空戦がはっきり見えた。十六歳だった石田卓氏の回想も、当時の様相を具体的にとらえている。

「朝食後、爆音が聞こえたので外へ出ると、四〜五機が若狭方向へ飛行中で、はっきり複葉と分かるほどの低い高度だった。少しして、超高速のスマートな飛行機が後方から接近し、銃撃を加えると、複葉機の編隊はみな火を噴いて、自宅の西方一・五〜二キロのあたりに墜

士官舎の桜花をバックにして。深田少尉(左)と７月28日に戦死した白井少尉は法政大学の同学部で同級生だった。

落した。いっしょに見ていた村人は、米軍の艦載機を日本の飛行機が撃ち落とした、と誤認して大喜びだった」

三〇分ばかりたったころ、日本人の搭乗員とおぼしき一人が川沿いに杖をついて歩いている、との知らせが、父親が梅原の区長を務める石田家にもたらされた。すぐに探しに出て見つけ、家に迎え入れて親身の世話をしたが、搭乗員は名乗りもせず寡黙だったという。

この人物は二番機偵察員の中村二飛曹だった。中村二飛曹の墜落地点は梅原地区西端の梅源寺で、戦後まもなくの住職の話では、降着のさいに墓石に頭をぶつけ、しばらく失神していたそうだ。二飛曹は住職に被墜の状況をこう語っていた。

予期しない攻撃により、機長で操縦の白井少尉は胸に貫通銃創を受けた。しかし気丈にも「お前はとび降りろっ。俺にかまうな」と中村二飛曹に叫んだ。「私も少尉とともに死にます！」の返事に、「俺の命令は天皇陛下の命令だぞ！」と叱咤《しった》する。

偵察員を先に脱出させるのが、二座機操縦員の不文律

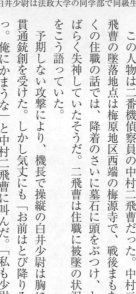

２番機または４番機の残骸。炎上し爆発したため、機体の原型をとどめていない。

なのだ。燃える機から二飛曹が離れると、白井少尉も重傷の身体で脱出を試みたが、翼に傘体が引っかかり、零観といっしょに杉林の谷へ落ちていった。

悪谷に分け入って二番機の墜落現場に到達した捜索の村人は、近くで落下傘ごと樹木にかかった白井少尉の遺体を見つけた。肩下から胸部に抜ける銃創が分かり、飛行服や救命胴衣はいまだ燻《くすぶ》っていた。頭骨が割れた遺体は梅源寺へ運ばれたという。

三谷村の近くに墜落した三機に話をもどそう。

豊﨑少尉の降着地点から、川をはさんで東へ五〇〇メートルほどの山の杉林に彼の三番機は残骸と化していた。機上戦死した操縦の折田少尉は、そのまま機内で操縦桿を握っており、遺体は音をたてて焼け燻っていた。折田少尉が操縦桿を離さなかったために、豊﨑少尉は後席から振り出されるように脱出し、意識せず一命を拾ったのだ。

一番機の主要部は最前方に墜落した。当初の捜索では見つからず、山仕事に入った人が一週間後に偶然に発見した。機体は爆発せず外形を留めていて、機内には塩野入中尉、清水中尉の遺体が残っていた。暑さのため腐乱状態で蛆がわき、収容は不可能なので、その場に穴を掘って火葬。最寄りの大津航空隊から派遣された捜索隊のなかに、僧籍を持つ者がいて導師を務め、村内の光明寺で骨供養が営まれた。

ただ一機、ペア二名が生きていたのが四番機だ。庄子俊一少尉と白水一飛曹は落下傘降下し、山林に着地したが、銃創と火傷でどちらも重傷だった。庄子少尉は胡桃《くるみ》の木に落下傘が引っかかり、腰から腸が出て、飛行服が焦げて煙が上がっていた。

二人は、豊﨑少尉が横臥《おうが》する三谷村の公会堂に送られた。

運ばれてきた下士官が誰なのか、火傷がひどくて見分けがつかない。豊﨑少尉は「おい、誰だ?」と問いかけた。「は、白水です」「大丈夫?」「私は大丈夫です。目が見えない。庄子少尉はどうしましたか」

白水一飛曹の火脹《ぶく》れに油が塗られ、たちまち黒く爛《ただ》れていく。いかにも痛そうに思えるが、呻《うめ》きすらしない。

公会堂の前にトラックが一台到着した。三人は、荷台に藁《わら》と傘体で応急に作られた寝台に寝かされる。せめて鶏卵を持たせようとする村人たちの厚意に送られて、トラックは湖岸を南下。水上機の大津空で同期生に暗号書を返納して、夕方五時前に大津赤十字病院に着いた。

両少尉は二人で一部屋を占めた。つらそうな息づかいの庄子少尉。どんなにか新婚の夫人を呼びたいだろう。「庄子、苦しいか」「うん、苦しい……おい豊崎、治ったらパイ缶食べような」「うん」

豊崎少尉が痛みと疲れの果ての浅い眠りについていた、翌七月二十九日の未明に、庄子少尉は絶命した。ふと気づくとベッド間が衝立《ついたて》で仕切られていた。

白水一飛曹はしばらく生き延び、少尉は見舞って配給のシロップを全部わたした。やがて腐敗が全身を侵し、うわ言だけになり、八月八日の昼すぎに息を引きとった。

二番機の中村二飛曹は、顔などに負傷はあったが歩くこともでき、その後に大津赤十字病院を訪れて豊崎少尉を見舞った。同病院で四番機ペアの遺骨を受け取ったそうだが、被墜から三年半ののちに死亡した。機外脱出時に、翼間に張られた張線《はりせん》との接触でついた傷により神経系の病にかかった、墓石に頭部をぶつけたのが原因になったなど、死因は詳《つまび》らかでない。

特攻から帰郷へ

鹿島空零観特攻隊の西進は逐次進められ、前進基地の博多湾・姪浜に集まる機数が増しつつあった。零観は砂浜に沿った松林に引き込まれ、擬装網をかけられたが、もとより気休め的秘匿の域を出ず、飛行作業も中止状態。本部も宿舎も民家を借り受けた。

八月初め、蓮見敬少尉の操縦する零観で、大橋司令が姪浜に進出してきた。鹿島空の全力特攻スタンバイが成ったのだ。

鹿島基地にいたとき、夕刻の一時間あまりが好みの運動の時間にあてられていて、学生舎前のテニスコートで岩瀬少尉も汗を流した。けむたがって皆やりたがらない大橋司令とのペアを、なにかのはずみで彼が四〜五回、前衛を務め、このときから司令と親しくなった。「操縦士官なんだから、下士官が疲れて起きられなくても、機の状況を毎日確認せよ」。姪浜での司令の指示を岩瀬少尉は順守して、朝かならず張線の状態を点検した。見回りにきた司令がこれを見つけ、ほめられたがゆえに、少尉の尊敬の念はいちだんと高まった。彼にこんな感情を抱かせた上官は、ほかには皆無だった。

中海を経由して、岩瀬少尉からひと足遅れの八月五日ごろ姪浜に到着。一度だけ三機による夜間飛行訓練の機会を得た大谷少尉が、特攻待機を続ける十五日、正午の放送を聴く命令が伝えられた。本部のラジオから流れる天皇の声は、雑音で明瞭さを欠いたが「忍び難きを忍び」が聴き取れた。負けたのか、と思い、残念な気持ちと、ほっとした感情が激しく交錯した。

左環指示節部挫滅創、大腿部機銃弾弾片創、右足部機銃弾弾片創。赤十字病院で三つの傷病名をつけられ、両足が利かない豊﨑少尉は八月十五日、担架に乗せられてラジオの前で詔勅を聴いた。戦争が敗北に終わったからといって、患者への待遇が悪化するような事態は見られなかった。

エンジン故障のため、宍道湖のとなりの中海に半月以上も足止めされた深田少尉は、八月二十日すぎに零観三機で鹿島基地に帰還した。父親が住む函館へ帰るのに、天候不良で飛行は無理。青函連絡船に乗船したところ、彼の三種軍装を見た航海士に「乗客が軍人ばかりなのに甲板士官がいないから」と頼みこまれ、一・五往復ぶんも乗る羽目になった。

雑音ばかりの詔勅を聴いたあとの姪浜には、特攻隊員は殺される、どこかへ逃避しなければ、といった噂が流れた。山田義彦少尉らは姪浜から零観で飛び出したが、燃料補給のため琵琶湖南岸の大津空に着水したとき、フロートを杭にぶつけた。破損部の穴から水が入って擱座《かくざ》したので、そのまま放置し、東京まで汽車で行くことにした。

しかし、駅員は掌《てのひら》を返したように冷淡で、「なんや、お前ら」と切符を売ってくれない。そこでトランクから缶詰を出し三個ほど進呈すると、態度が豹変。「どこまでお帰りでしたやろ」と即座に切符が出てきた。

それぞれの「戦後」が、もう進みつつあった。十四期予学出身者は九月五日付で、いわゆるポツダム中尉に進級したが、それがなんの価値も持たない時代へと突入していた。

自分たちを誰が撃墜したのか。どのように撃墜され、そしてどうなったのか。昭和二十年七月二十八日に全滅した零観四機の搭乗員の、唯一の生存者である豊﨑さんは、この疑問を解決するのを、慰霊にもつながる責務と見なして、多岐にわたる調査の労をいささかも厭《いと》わなかった。

その延長線上に一協力者として現われた筆者に、こう問いかけた。「私たち十四期（予学）にはエースもおらず、華々しい活躍をした者もいません。戦争のなかでの存在意義をどのように捉えればいいのか、考えるときがあります」

私は答えた。「エースや戦功殊勲者はそれ自体、単独では存在し得ません。組織があって初めて成り立つもので、その構成者という観点からは、十四期の方々もまったく同格だと思います。すなわち部隊にいたこと、任務についたことで、必要不可欠の存在価値があったと確信します」

私の意見などいまさら必要ないことを、読者各位は了解されるに違いない。

絆《きずな》は沖縄をはさんで

――兄の零戦、弟の「飛燕」

平成十四年（二〇〇二年）の十一月、谷田部《やたべ》航空隊の関係者のうちの一人に、懇親会《こんしんかい》の受付で声をかけられた。さきほどまでの谷田部神社での慰霊祭の前後に、顔見知りの人とあいさつを交わしていたから私と分かったのだろう。

「渡辺さんですか」

その人の手には飛行機雑誌『航空ファン』があった。同誌に掲載の拙稿「谷田部の空は零戦の空」へのクレームかなとも思ったが、表情は柔和だ。どなたなのか尋ねると「十四期の内藤です」の返事である。

慰霊祭の参加者リストを見ていたのですぐに思い当たり、同時に、なにかの本で見た谷田部空当時の飛行服姿の写真が脳裡に浮かんだ。知識としてあったのは、特攻・昭和隊員に選ばれた予備士官で、製薬会社のトップということぐらい。

「『谷田部の空…』の筆者はどんなやつか」という興味半分の声かけだったのではないか。これから執筆にかかるその続編に、いくばくなりとも協力を願えるかもと反射的に感じ、これは縁だと考えた。先方からのきっかけによる取材は、成功例が大半を占める。

取材依頼は快諾され、数日後に面談。予感は裏切られず、筆にしないではいられない事実を内藤祐次《ゆうじ》さんは語り始めた。

異質な進路

開戦の二日前、昭和十六年（一九四一年）十二月六日に日本衛材株式会社（製薬会社エーザイの前身）を設立した内藤豊次《とよじ》氏には、三人の子息と二人の息女があった。子息は二歳ずつ年が違い、祐次、善次《ぜんじ》、幸次《こうじ》とそれぞれ父の名の一字をもらっていた。

長男の祐次さんは、東京府立第五中学校の五年生で進学先を選ぶにさいし、七〜八校を受験した。昨今の大学入試ならあたり前の数だが、旧学制の当時は三〜四校がふつう。多い理由は「数うちゃ当たる」と考えたのと、テストで他校生と競争するのが面白いからだ。

受験校のなかの異色が海軍兵学校。知能と体力の両方を要求されるこの難関校に挑んだのは、やはり競い合いに興味を抱いたためだ。合格となれば行く意志はあったが。反軍国主義者で、海外を知るゆえに「米英と戦えば負ける」と予測する父の言葉は、「受けてもいいが、行くな」だった。母堂は受験そのものに反対した。

内藤家の人々。右から東大２年の祐次青年、善次陸軍少尉、姪と姉、母たまさん、父の豊次氏。昭和18年の晩秋、海兵団入団をひかえて自宅の庭で。

しかし、東京・目黒の海軍大学校の試験場には、意外な〝伏兵〟がいた。それは体力テスト。コブを作った太い麻縄に片手で一分間ぶら下がるのだが、手が滑って摑《つか》み続けられなかった。大勢の手の脂《あぶら》が付いているうえに、彼は脂性《あぶらしょう》だったのだ。このテストは、艦上で索を扱うところから海兵入試の恒例に定められていたが、優れた人材の排除につながる可能性があった。これに失敗し、陸軍で顕著な戦功をたてた操縦者もいる。

祐次青年が合格していたら、昭和十三年四月入校の六十九期生。航空へ進めば、劣勢歴然の南東方面あるいは中部太平洋で未帰還になるか、それとも大尉の飛行隊長として本土で敗戦を迎えたかも知れない。

進学先は水戸高等学校に決まった。予習復習をいっさい無視して「成績・品行・教練不合格」で二年生をダブり、十七年四月に東京帝国大学経済学部に入学する。

二人の弟はどんな性格か。「次男の善次は明朗。ラグビーでいえばスクラムハーフ・タイプですね」と内藤氏は表現する。スクラムハーフはスクラムから出てくるボールをバックスにつなぐ役。機敏性と自主的判断力を備え、小まめに動ける比較的に小柄な者が選ばれる。内藤さん自身が水戸高でこのポジションをこなしていた。つまり長男と次男は似たところがあったわけだ。

三男の幸次氏は、祐次さんが東大に入った年に北海道帝国大学の予科に進んだ。まじめで勉強好き、軍にはまったく関心がなかったという。

軍への関心がいちばん強かったのが善次氏だった。開成中学校五年の途中で陸軍予科士官学校を受験し、合格した。海兵との併願ではなかったようだ。

家族の誰もが彼の軍人志望に気づかなかった。自分ひとりで決めて願書を出しており、合格通知が来て初めて知った父は、激怒して「やめろ！」と叱ったが、決意は固く、結局は認めるしかなかった。東京・市ヶ谷の予科士官学校に、第五十六期生として入校したのは十四年十二月である。

水戸高二年だった兄は、弟の予想外の進路を「軍国ナイズ色がめだつ開成中ですごしたためか」と考え、さらに「男兄弟三人のうち一人ぐらい軍へ行ってもいいのでは」という気持ちだった。後者は、戦時日本の国民の普遍的な考えとも言えた。この時点では祐次さんは、

白丸に赤い「士」を入れた航空士官学校の九五式一型練習機。陸海軍とも練習機はオレンジに塗られたため、複葉機はどちらも赤トンボと呼ばれた。後ろの席が教官用。

自分の道が善次氏の道と重なるとは、夢想だにしなかったはずだ。

行くさきは戦闘機操縦者

市ヶ谷に入校した善次氏は、旧友に再会した。東京女子高等師範学校付属小学校のとき同じクラスだった藤原誠さんだ。互いの顔を見つけて「ああっ、お前もか!」と驚きあった。

二人は将校生徒として一年四ヵ月余を予科士官学校で学び、この間に航空兵科志望の気持ちを固めた。テストに通って航空に決定。予科卒業時にとりあえず操縦、技術（整備）、通信の分科の指定がなされ、二人とも操縦分科に入っていた。

ついで士官候補生として、飛行戦隊で二ヵ月の隊付《たいづき》教育ののち十六年六月、本科たる埼玉県豊岡（現在の入間基地）の航空士官学校に入校する。入校者六三八名。二年間の教育は前期、中期、後期の三段階に区分された。

前期の七ヵ月はすべて地上教育。九五式《きゅうご》三型練習機（初練）を使った整備演習やモールス送受信、飛行場警備の訓練もあったが、主体は地上作戦に対する戦術教育に置かれた。続く六ヵ月間の中期教育は、初級滑空機での若干の空中教育を受けたけれども、おおむね前期の延長、レベルを上げたかたちに止まり、校名を実証するような航空偏重の感はあまりない。

十七年七月からの後期教育で、正式に職域の分科を決定。内藤、藤原両候補生は一番人気の操縦分科が確定した。十八年三月までに九五式一型練習機（中練）による全科目を終え、同月中に九九式高等練習機に移行。五月に飛行訓練を終了したとき、候補生たちの総飛行時間は一一〇～一二〇時間に達したが、五十五期生までのような実用機操縦の初歩を経験する機会はなかった。

海軍兵学校は予科と本科に区分せず、一～四号の学年制で生徒を教育し、卒業・任官後に飛行学生を選抜して練習航空隊で操縦・偵察術を学ばせた。これにくらべ、士官学校から航空を分離、航空士官学校を設けた陸軍の教育方式（ただし五十五期までは偵察／航法の分科はない）は、より好適と言える。とりわけ操縦は、少しでも若いうちに訓練したほうが上達が速いからだ。二十歳前と後とでは、はっきり差が出てしまう。

海軍よりも一年半も早期に士官候補生の操縦教育を始めうる陸軍だったのに、そのうちの一年をみすみす無駄にした。主因は多岐にわたる地上訓練にあり、なかでも飛行将校にはほとんど無意味な地上戦の演練を、延々と続けたのには呆れるほかない。

これは地上絶対を標語とする、歩兵中心主義のなせる業《わざ》だった。航士校の幹部にも少なからぬ地上兵科将校が配され、彼らの無理解と旧弊な制度が、進取を望む関係者の足を引っぱった。平時にならともかく、十八年に入り航空優勢こそ勝利の要訣《ようけつ》と思い知らされていながら、現地戦術の演習のために、継続訓練が不可欠の操縦教育を一週間も止めたりするのは、もはや利敵行為ですらあるだろう。

ともあれ十八年五月なかばの搭乗機種の分科発表で、内藤、藤原両候補生は戦闘と明示された。戦闘機操縦者をめざすのは、二人にとって本望だった。航士五十六期生の操縦四〇八名のうち戦闘分科は二〇〇名。五十五期で急増したこの分科の人数は、戦勢の後退につれて増すばかりだった。

航士校卒業翌日の五月二十七日付で少尉に任官。続いて航空実施学校の明野陸軍飛行学校で、旧式《きゅうな》実用機・九七式戦闘機による戦技訓練に入る。

ともに小石川区（現在の文京区）で育ち、中学は異なったが、小学校から明野飛校まで同じ道を歩んだ藤原少尉にとって、内藤少尉とは親友の間がらだ。「士官学校でも明野でも、折にふれて話し合いました。明朗闊達《かったつ》、恬淡《てんたん》として、元気のいい坊ちゃんという感じ」。藤原さんも朗《ほが》らかな性格だが、それ以上だったそうだ。

航士校在校中に、祐次さんが水戸から何度か面会に行った。「弟はとくに気負ったようすはなく、さっぱりした気持ちでいました。軍の教育によって使命感を抱いたようです」。善次氏もときどき小石川の家に帰省した。

豪北の戦場へ

明野での乙種学生（海軍の飛行学生にとっての実用機教程にあたる）の乗機は大半が九七戦で、終わり近くに一式戦闘機「隼《はやぶさ》」を経験した。乙学卒業は十八年十一月末。研究熱心で操縦、射撃に優れた内藤少尉は教官として残されるはずのところを、上官にくり返し訴えて、南方作戦補充要員に変えてもらった。天竜川河口に近い明野飛校・天竜分教所の飛行場で、本格的に一式戦の錬成にはげむ。

天竜〜八丈島往復の航法訓練のおり。同島上空に至り、低空に降りて旋回を始めた内藤機から、眼下の人だかりを目がけて何かが投げ落とされた。同行の藤原少尉はいぶかって帰還後にたずねたが、内藤少尉は語らない。

やがて数十通の礼状が届いて、理由が分かった。内藤少尉は航空熱量食として配給のキャラメルをためておき、八丈の子供たちに空からプレゼントしたのだ。

一式戦に続き、内藤少尉らは三式戦闘機「飛燕」の未修飛行（操縦訓練）にかかる。これは三式戦部隊への赴任を意味した。藤原少尉は皆が敬遠する鈍重な二式複座戦闘機「屠龍《とりゅう》」を指定され、「えらいものになっちゃった」と重い気分を抱きつつ水戸分校へ移っていった。

十九年四月初め、内藤少尉に与えられた命令は第十四飛行団司令部付（ついで飛行第六十八戦隊付に変わる）。東部ニューギニアで苦闘した三式戦部隊、飛行第六十八、第七十八両戦隊からなる十四飛団は、戦力の過半を失って、同島の中央部北岸のホランジアに後退していた。

静岡県の天竜分教所に置かれた三式一型戦闘機乙型（手前）と一式二型戦闘機。内藤陸軍少尉はここで両機の演練を続けた。

明野で準備を整えた合計六機（うち四機は内藤少尉を含む航士五十六期出身者）の三式戦が出発したあと、四月下旬に目的地のホランジアは米軍に奪取されてしまい、やむなく途中のハルマヘラ島でストップ。両戦隊の新任戦隊長を軸に、ここで集成戦闘隊を構成し、ニューギニア戦の残党を加えて、邀撃《ようげき》戦を開始した。

二人の戦隊長が戦死ののちの七月二十五日、有名無実に近い戦力の十四飛団司令部と両戦隊は解散。二日後の二十七日、米第5航空軍の戦爆連合が来襲した。出動できたのは五十六期の三名だけ。佐藤恭一、山田幸穂両少尉機は、かぶさってきた第35戦闘飛行隊のP－38「ライトニング」に襲われて未帰還。射弾回避を続けた高原忠敏少尉も、ついに被弾発火した機から落下傘降下し、重傷を負った。

内藤少尉はマラリアで高熱を出して床に伏し、戦いに加われなかった。この空戦から何日かのち、飛行第五戦隊付で近くのブルウ島にいた進級（八月一日付。五十六期に共通）直後の藤原中尉が、大空襲の損害が気がかりで面会に来た。天竜飛行場で別れて以来の竹馬の友に、病身の内藤中尉は泣き出さんばかりの表情で呻《うめ》いた。「面目ない。同期生を死なせてしまって」

三名が斃《たお》れ傷つき、自分だけが干戈《かんか》を交え得なかった無念さ。このときの辛い感情は、内藤中尉の心に深く刻まれたに違いない。

兄もまた戦闘機操縦員

弟・善次少尉が明野飛校天竜分校で、一式戦の訓練に本腰を入れ始めた昭和十八年十二月、大学二年だった祐次さんの環境は激変していた。

十月初めに公布された在学徴集延期臨時特例によって、文科系学生の徴兵猶予《ゆうよ》を撤廃。身体測定で甲種、第一乙種、第二乙種とされた九万八〇〇〇名のうち、一万八〇〇〇名が十二月十日に海軍に入った。

高校で教練不合格の〝実績〟があるため、配属将校（陸軍）から「陸軍では幹部候補生を受験できず兵隊止まり。海軍へ行け」とのアドバイスを受けていた祐次さんは、徴兵検査時に海軍を志望して容れられた。本籍が東京なので、三浦半島・武山の横須賀第二海兵団に入団する。

彼らは海兵団にいるあいだは便宜上二等水兵だが、学歴の高さから、兵科および飛行科の予備学生・予備生徒、主計および法務の見習尉官への道が用意されていた。内藤二水は大学の専攻に準じた、主計科士官になる経理学校行きを希望した。しかし、視力がいいため兵科志望へまわされ、兵科での検査中に飛行科適格者と判定されて、航空に興味がないのに結局は、第十四期飛行専修予備学生を受験するにいたる。

谷田部空(19年12月に神町空に改称)の九三式中間練習機の装備定数は216機と、霞空についで多かった。エプロンが埋まる。

合格したときの内藤二水の感想は「まあいいじゃないか」。搭乗員へのコースに乗ったことを特に厭《いと》う気持ちはなく、むしろ選ばれた立場に納得できた。兄弟二人の道の交差の始まりである。

十九年二月一日付で水兵服から詰め襟《えり》の一種軍装へ。内藤予備学生ら二三〇〇名は霞ヶ浦沿岸の土浦航空隊に入隊し、座学と地上訓練が主体の基礎教程に入った。待遇は海兵団とは格段の違いで、それまで許されなかった上陸（外出）もできる。

四ヵ月の基礎教程が終了に近づくころ、次の術科教程における操縦、偵察、飛行要務の専修別が告げられる。希望者が最多の操縦専修は、拝命者数も多くて土空の予学十四期の約半数を占め、内藤予備学生もそのなかの一人だった。

第一段階である中練教程は、四個練習航空隊に分かれ、内二六〇名の谷田部空入隊者は五月下旬から九月下旬まで九三式《きゅうさん》中間練習機による操縦訓練を受けた。内藤予備学生の飛行時数は四〇時間。他の学生もおおむね同じで、中練搭乗一〇〇時間前後というぜいたくが許される時期ではなく、許される立場でもなかった。

家族との面会は土浦空のときに一度あっただけ。このとき母親が妙齢の女性を三人も連れてきたため、やっかんだ上官連中からあとで罰直をくらったという。谷田部空では母から手紙が来て、戦闘機乗りになった弟が南方へ行っていると知らされた。善次少尉のハルマヘラでの三式戦搭乗を示すものだ。

十月からは実用機教程。予学十四期の操縦のうち、半数近い三七〇名が戦闘機専修を命じられた。消耗が激しく、かつ劣勢下で最も必要な機種ゆえに、搭乗要員の数も多いのだ。戦闘機専修者は三個航空隊に分けられ、内藤予備学生ら一二〇名は茨城県の神ノ池《こうのいけ》空に配員された。

戦闘機専修は彼の第一志望だった。「航空」で交差した兄弟の道が、「操縦」ついで「戦闘機」へと重なっていく。こだわらない性格とすばやい判断力、集団スポーツを好む運動神経を共通に持つ二人の、偶然の環境における必然のなりゆきのように思われる。

土ぼこりが湧く神ノ池基地での訓練は、兵学校七十三期生出身の第四十二期飛行学生と併行で進められた。当初の使用機は、零戦を複座化した零式練習用戦闘機。海軍本流である四十二期飛学の少尉たちの飛行作業が、優先的に進められたのは当然で、予学十四期はなにかにつけて割をくったのは否めない。

特攻隊員に決まるまで

ロケット特攻機「桜花」を装備する七二一空《ななふたいち》が昭和十九年十一月上旬、使い勝手のいい神ノ池基地に移ってきたため、十二月五日付で神ノ池空は同県内の谷田部基地に移動し、谷田部空と改称した。なお、押し出された中練の旧・谷田部空飛行隊は山形県へ移り、神町《じんまち》空に改称された。

志願して十三期飛行専修予備学生に選ばれ、朝鮮の元山《げんざん》空で十四期の実用機教程の教官を務めていた小野清紀《きよみち》少尉が、零戦操縦の技倆《ぎりょう》を高めるべく、錬成員として谷田部空に派遣されたのは十二月の末だった。

まず部隊の建物配置などを知るために、小野少尉ら新着の二〜三名が、前からいる同期生に「隊内旅行」と称する恒例の案内をしてもらう。格納庫の横あたりで、向こうから来る飛行服装の数名を見ると知った顔がある。思わず「なんだ、お前！」と少尉は叫んだ。

「なにしに来たんだ？」」。聞き返したのが任官（十二月二十五日付）直後の内藤少尉だった。「俺は貴様の教官だぞ」と小野少尉。笑みを浮かべた内藤少尉の、冗談口調の返事は「威張るなよ」である。

二人は、善次氏が通ったのと同じ、女高師付属小の級友だった。内藤さんは小野さんについて「私とはまったく違って、大変におとなしい性格。旗本の家柄で、侍に準じて厳しく仕付けられたように覚えています」と語る。小野さんの方は「内藤はやんちゃだが成績がいい。勉強のそぶりも見せないのに、いつも優等賞をもらっていて不思議な感じでした」

新・谷田部空（旧・神ノ池空）での実用機教程で、同期生の飛行作業を見つめる学生長・内藤祐次少尉と双眼鏡を覗き機影を追う甲板学生・岩田毅一郎少尉。

小野さんは市立一中から慶応義塾大学予科へ進んで道が分かれ、意外な再会を谷田部空で果たしたわけだ。だが同じ基地にいても、錬成のため零戦に乗る十三期と、実用機教程で零練戦に乗る十四期とが会う機会は、偶然以外にはない。小野少尉は内藤少尉が操縦する練戦の後席に乗ってみたかったが、分隊長に「同級生同士だと無茶をやるから、やめたほうがいい」と止められた。

小野さんが認める「小学校時代にめだった内藤のリーダーシップ」は谷田部でも発揮された。内藤少尉は下士官兵と気さくに付き合い、隊内の影の実力者である従兵長、先任衛兵伍長クラスを引き付ける。小野少尉が酒に困ったときも、彼の口利きでたちまち手に入った。

実用機教程の訓練に使われた谷田部空の零戦二一型。実戦用にはすでに低性能だが、五二型にくらべて安定性、操縦性にすぐれ、即製色がつよい14期予学の少尉でも乗りこなせた。

考課表がよく、中練と実用機の教程のあいだ学生長を務めた内藤少尉に、気配りや思いやりの心が育っていく。半面で、飛行作業は危険なので、気のゆるんだ同輩を分隊長、分隊士のかわりに殴って気合を入れる権限を、認めてもらった。けれども自分も含めた同期生の、戦闘機専修者的身勝手さに嫌気がさし、上官に願い出て、学生長を水戸高後輩の林達雄少尉と交代した。

練戦から零戦二一《にいいち》型へ進もうとする二十年二月、予学十四期は予学十三期、海兵七十三期とともに、特攻隊員に応じるか否かを問われた。三月一日付で新編予定の第十航空艦隊に編入後の谷田部空は、教育任務を停止し、制空および特攻部隊へ戦力化されるように、目的が定まっていたからだ。

予備学生になる経緯を考えれば当然だが、十四期の面々のなかには提出紙に「不望」と書く者がいた。しかし、内藤少尉は前任学生長の立場から「熱望」のほかは書きにくく、それゆえか、三月三日に第四格納庫で予想どおり特攻・昭和隊員の指名を受けた。最後に名を呼ばれ、一歩前に出たとき「脳の中が真っ白になった。これで終わったな、と感じました。そしてすぐ我に返り、暴威をふるった学生長だったから選ばれてよかったな、と思い直したのです」

即日、待遇が変わった。昭和隊員は学生舎から士官舎に移され、滞りぎみだった零戦二一型での飛行作業が毎日に。編隊離着陸の頻度が高まり、夜間突入対策ゆえか夜目がきくよう訓練したという。

台湾で重爆を邀撃

ハルマヘラ島にいた飛行第六十八戦隊の残存空中勤務者は、部隊の解散によって転属する。高原中尉はフィリピンへ展開を進める飛行第十九戦隊付だが、内藤中尉や最先任将校の川上次郎大尉、少尉候補者出身のベテラン・関口寛《ひろし》少尉の三名は百五戦隊付を命じられた。

飛行第百五戦隊は十九年七月二十五日付で、台湾の台中において編成下命がなされた三式戦装備部隊。内藤中尉はブルウ島の藤原中尉に「必死再興を期す」旨を送信して、台湾へ向かった。

　隊員は逐次充足したが、機材が手に入らない。そこで九月に輸送機で内地へ向かい、明野飛行場（明野飛行学校は六月に作戦任務を兼ねる教導飛行師団に改編）で三式戦一型丁四〇機を受領。航空審査部が置かれた東京・福生《ふっさ》飛行場で錬成および未修飛行を実施する。帰途、十月中旬の台湾沖航空戦で足止めを食ったのち、台中飛行場にもどってきた。

宜蘭温泉の付属建物を借用して、飛行第百五戦隊の幹部たちが昼食をとる。手前左から内藤善次中尉、山口敏行中尉、記者、中村伊三雄中尉。左の室内は第三飛行隊長・岩本照大尉。

　こうした主力の動きとは別に、少年飛行兵九期生出身で大刀洗《たちあらい》飛行学校で助教を務めていた池田芳彦軍曹は、百五戦隊付を命じられ、他部隊用の一式戦三型の空輪を兼ねて、二機で台中に到着した。戦隊は編成を完結していて、船団掩護《えんご》や哨戒、ときおり大陸から来る第20爆撃機兵団のB－29の邀撃に上がっていた。

　三式戦は未経験なので未修にかかった池田軍曹は、すぐに特徴を呑みこんだ。「突っこみはいいが旋回性はもうひとつ。機首が重く、二単《にたん》（二式戦闘機「鍾馗《しょうき》」）のような上昇力はない。機体は頑丈」。「一式戦三型のほうが好きでした。格闘戦に強いし、エンジンが安心」と池田さんは回想する。

海軍ほどではないが、将校と下士官の私的な連携はあまりない。池田氏の記憶にある内藤中尉は「さっぱりした、元気のいい人」。この二人が昭和二十年一月十四日、B－29の邀撃に出動した。

先行の敵単機が上空に侵入してからの出撃命令だ。先任の第一飛行隊長の川上大尉がまず発進し、捕捉未遂で降りてきて「次はお前あがれ」と池田軍曹に言った。待機していた内藤中尉と二機で離陸し、上昇中に後続の敵編隊が見えてきた。

B－29は大きいから、飛行高度が低く思える。内藤中尉はハルマヘラで敵対したB－24の感覚で五〇〇〇メートルと読んだが、実際は七〇〇〇メートル。的確に上昇を続けた池田機も、高度をかせぐあいだに逃げられてしまった。

着陸したら台中飛行場が爆撃を受け、軍曹といっしょに台中に来た依田今朝人《けさと》准尉が戦死していた。以後百五戦隊は、爆撃目標にみなされた飛行場の隣接兵舎を引き払い、小学校の板の間に毛布を敷いて寝ることにした。

B－29のほかに、第14航空軍のB－24も大陸から少数機で台湾を空襲した。二月上旬、台湾北端に位置する基隆港《キールン》の艦船を狙ってやってきた二機を、内藤中尉と山元正己軍曹（四月三日に特攻戦死）が邀撃。撃墜を視認できず一機撃破を報告したが、のち宜蘭《ぎらん》沖への墜落が確認されたという。

第一飛行隊長だった川上さんと、このとき台湾南部・屏東《へいとう》にいた十九戦隊所属の同期生だった高原さんの、両回想による内容である在台湾の三式戦が重爆を撃墜した例は珍しく、攻撃側の機数や具体的な状況が判然としないのが残念だ。

「俺が行く」

沖縄方面への米軍の来攻に備える天一号作戦。陸軍では略して天号作戦と呼ばれた、海軍にとっての最終決戦は、慶良間《けらま》列島に上陸された三月二十五日に発動下令にいたる。

主戦法は、主導の海軍はもとより、陸軍も特攻攻撃。内地の側なら教導飛行師団や錬成飛行隊など多くの組織から特攻隊員と飛行機を抽出できるのだが、外域からの援軍を期待しがたい台湾の各部隊は、あらかじめ内地、満州から配された多からぬ特攻隊のほかは、自隊のなかで用意せねばならない。したがって、保有戦力が二倍、三倍の速さで擦《す》り減ってしまう。

この点は、台湾の海軍も同様だ。

池田さんは「特攻隊員の募集が形式的にあったかどうか、はっきりしません。そうした行為は特になく、戦隊全体が特攻任務だったのでは」と話す。「三回、特攻に選ばれました」と筆者に告げたのは、操縦キャリア九年、戦闘経験も豊富な五十八期操縦学生出身者の関口さん。これほどのベテランですら複数回、爆装出撃したのだから、池田氏の述懐は間違って

三式戦一型丁が宜蘭飛行場で待機する。手前の機はエンジン試運転中だ。

いないだろう。

つまり、特攻機と掩護《えんご》機の任務を交互に担うのだが、飛行時間が少ない操縦者は対戦闘機戦は無理で、どうしても特攻を主体にせざるを得ない。そして特攻隊長として、三人いた航士五十六期のうち中村伊三雄中尉が指名を受けた。

天号作戦発動初日の三月二十五日、百五戦隊はほぼ全力で、沖縄により近い台湾北部東岸の宜蘭《ぎらん》飛行場へ移動。さらに敵が沖縄に上陸した四月一日に、二〇機が前進飛行場・石垣島へ進出して、翌二日の払暁《ふつぎょう》に戦隊初の特攻出撃にかかったが、離着陸に混乱をきたして中止命令が出された。

特攻再出撃は四月三日の午前四時。特攻二機に直掩《ちょくえん》一機ずつの四個グループに分かれて飛び、慶良間列島～沖縄・残波《ざんぱ》岬の海域の艦船群に突入。直掩の池田軍曹は弾幕をくぐりつつ、まだ暗い海面に命中の火柱を見た。

九日には内藤中尉と関口中尉（三月一日付進級）の直掩で、特攻機二機が薄暮の石垣島から出動した。特攻機の操縦者は、飛行経験が浅い学鷲《がくわし》（甲種幹部候補生出身?）だった。

奇妙なのは直掩機が両翼に爆弾を下げていた点だ。本来なら落下タンクを付けるべきなのに、少しでも攻撃力を高めようとしたのか。事実、台湾の陸軍航空の元締めである第八飛行師団司令部は、天一号作戦発動時に「直掩機は爆装」との命令を出している。

離陸時に特攻機一機が転覆して、三機が進撃した。東方海面の上空は断雲が多く、視程は三キロほどしかない。関口中尉は北上して慶良間列島の北方から南下、船団在泊の海域へ向かえば、敵戦闘機の手薄を衝《つ》けるかもと考えた。

右手後方かなたに石垣島を望見しつつ飛ぶ。やがて沖縄に近づいたと思うころ、雲間から突然F６F数機が降ってきた。「しまった！」。関口中尉はすぐ爆弾を投棄し、低位戦（こちらの高度が低い不利な戦闘。海軍で言う劣位戦）の機動をとる。後続の中條新三少尉操縦の特攻機は視野の中にいなかった。

そのとき後方から爆装の三式戦が、関口機の左前方にとび出してきた。内藤機だ。翼を振っている。「俺が行く。掩護を頼む」の意思表示と関口中尉には直感できた。

特攻機の姿は見えない。不利な態勢で空戦を続ければ落とされる。ここまで来て、爆弾を生かすには自分が突入するほかはない。いくつもの条件を瞬時に判断し、かつてハルマヘラで味わった無念を晴らす死に場所と決めたのだ。まさしくスクラムハーフの任務遂行である。

一ヵ月後に二十三歳を迎える内藤中尉。戦死場所は中城湾《なかぐすく》とされているが、関口氏の回想から慶良間列島沖が正しいとも思える。米海軍、海兵隊の両戦闘機隊とも、四月九日には日本軍戦闘機の撃墜を記録していない。内藤機は敵機を振りきって、目標に突入したのではないだろうか。

代理ではあったが覚悟の突進を、関口中尉から報告された戦隊長・吉田長一郎少佐ら幹部は、内藤中尉は特攻戦死、と台北の八飛師司令部に伝えた。八飛師ではそのとおりの処理をとっている。

九州進出前夜

谷田部空で特攻・昭和隊員に指名されたのは五四名。予学十四期出身者が二八名で最も多い。指揮官の立場の兵学校出身者は七十三期三名で、四月上旬に鈴木典信中尉が率いる第一陣が、天一号作戦における海軍航空の根拠基地たる鹿屋《かのや》へ向かった。

四月十二日の第二陣の指揮は丸茂《まるも》高男中尉がとった。彼の乗機は中古の零戦二一型。列機の六機も使い古した二一型、二二《にいにい》型だった。

当然と思い、迷わず「熱望」を紙片に書いて分隊長に提出したものの、特攻隊員を命じられたときは「ちょっと厳しい気持ち」を抱いた丸茂中尉だが、すぐに決意を定めた。

鹿屋到着から四日後の十六日の昼前、出撃命令を受けて整列したところへＦ６Ｆが来襲し、

谷田部基地の指揮所前に神風特攻・昭和隊員がならんだ。全員ではなくほぼ半数で、後列右から７人目が内藤少尉。右後方は中練を入れる格納庫。

搭載した爆弾の被弾誘爆で八機中六機をやられてしまった。丸茂中尉は残存機での出撃を望んだが容れられず、「残れ」と命じられた。

新たな乗機の受領を待つうちに、予学十三期の木部《きべ》崎《ざき》登少尉指揮の第三陣、同じく安則《やすのり》盛三中尉指揮の第四陣がやってきた。丸茂中尉はすでに特攻戦死したことになっていて、十四期の戸山雄二少尉に「幽霊かと思いました」と驚かれた。

谷田部空で待機中の内藤少尉は、今生《こんじょう》の別れに小石川の家へ行った。両親は彼が必死の出撃に向かうことを予感しているようで、小学校の先生と友人を一人ずつ招いていた。

別れぎわに母堂は涙をあふれさせた。このひとときを最後に親子の縁を切ったように思え、しがらみが失せてサバサバした感情が、彼の胸中を占めた。

弟・善次中尉の台中でのようすは、父の知人で同地在住の鈴木家からの手紙で知っていた。自分が特攻隊

4月12日、指揮所前における第二陣の別盃。左列の昭和隊員は手前から隊長・丸茂高男中尉、北原篤幸少尉、有村泰岳少尉。土器(かわらけ)の代わりのグラスを手に。

員に選ばれても「あいつは本チャンだから特攻に出はしまい」と思っていた。「本チャン」とは、「本当」「本物」を意味する予備学生たちの俗語。兵学校出身者（ひいては士官学校出に対しても）への軽い蔑称で、逆に予学出身者が「スペア」と呼ばれたのと同じ発想だ。

内藤少尉が加わったのは、三人目の海兵七十三期の指揮官・山田勝重中尉が指揮する第五陣。一〇名前後の谷田部基地出発は四月の末ごろである。前日までに少尉の内心は、特攻戦死を受け容れていた。

元山空から派遣の錬成員・小野少尉はその後、谷田部空に転入し制空任務の天誅《てんちゅう》隊員に変わっていた。第五陣が基地を発つ前夜、期別の送別会のあとで内藤少尉の部屋を訪れた。内藤少尉は丼にたっぷりの酒を幼なじみに差し出した。小野少尉はひと息に飲み干し、またなみなみと注《つ》いで返すと、内藤少尉も一気に飲みきった。

これから必死攻撃に向かう者に「武運長久」は禁句だ。「成功を祈るよ」と小野少尉は言った。内藤少尉は平静でふだんと変わらなかった。

出撃命令きたらず

第三陣は中古零戦、第四陣は零練戦に乗って飛び立ったのに、第五陣は乗機をもらえなかった。余剰機材が底をついたのだ。一〇八一空《せんはちじゅういち》の零式輸送機に宮崎県の富高《とみたか》基地まで運んでもらい、そこから汽車で鹿屋へ向かう不遇ぶりだった。まとまった人数で陸路を出撃基地まで行った特攻隊は、類例を知らない。

富高で零戦を借りて航法訓練に飛んだ内藤少尉らが、鹿屋駅に着いたときは五月の中旬に入っていた。昭和隊はすでに第七まで出撃し、戦死者は三七名を数えた。基地の宿舎は空襲の銃爆撃で危険なので、台中の百五戦隊と同様に、やや離れた小学校で寝起きした。

天長節の四月二十九日が誕生日で、それ以前の戦死を期していた丸茂中尉は、機会を得られないままだった。彼ら昭和隊のほか、筑波空からの筑波隊、元山空からの七生《しちしょう》隊も少数の隊員が残存していた。そこで、神雷《じんらい》部隊七二一空の指揮下戦力、爆戦特攻の戦闘第三〇六《さんまるろく》飛行隊に編入される措置がとられた。

待機のうちに六月下旬の沖縄陥落で、天号作戦は終焉《しゅうえん》を迎える。危険な鹿屋基地に特攻隊を置く意味が薄れ、一部を残して、本土決戦に備えるべく愛媛県の松山基地へ移動したのが七月十四日。鹿屋では飛行作業ゼロの内藤少尉らも、各々一機ずつ新品の零戦五二《ごおにい》丙型を与えられた。

右：内藤海軍少尉。4月末、谷田部を出動の日。左：内藤陸軍中尉。20年の春、花咲く宜蘭で。運命は分かれた。

それから一ヵ月。ならんで聴いた詔勅は雑音で意味不明だったが、まもなく敗戦と分かった。特攻隊員は危険な存在だから中国へ連行される、との噂が立った。

四国山脈の石鎚山《いしづちさん》に立てこもろう、と言い出す者があった。「提案者は内藤さんでは。誰も気づかない、大胆な発想をする人でした。隊ではつねに明るく、行動的で茶目っ気がありながら、折り目正しく節度を維持していましたね」。丸茂さんはこう回想する。

内藤少尉も丸茂中尉を「ピリピリした海兵出身者のなかで、われわれに通じる感性を持った人。付き合える人だ」と感じていた。

中国連行は噂にすぎず、東への復員者に一式陸上攻撃機が用意された。愛知県の豊橋基地で降りて、小石川の家は焼けたから新潟の親戚へ行くつもりの内藤少尉に、丸茂中尉は甲府の自宅への同行を誘った。二人にはそれだけの意思の疎通があった。

中尉は戦死と伝えられて、位牌ができ香典が届きつつあった丸茂家から、埼玉県本庄に疎開していた両親のもとに内藤さんが帰ったのは八月末。善次中尉の戦死を知らされ、「やっぱりなあ」と思い、自身の経験と合わせて現実を受け入れた。

昭和二十一年四月九日、特攻戦死で二階級特進した内藤少佐の命日に、小石川の内藤家自宅で追悼会が催された。恩師、友人などの参列者のなかで、藤原さんは航士同期生を代表して弔辞を読んだ。

ともに学び研鑽《けんさん》した日々、苛烈な戦いに見せた人間性の紹介。「終戦直後、死んだほうがましだと思ったとき、胸中に残る内藤少佐の鞭撻《べんたつ》にあい、やらねばならぬ気持ちに変わりました」。幼き日「善ちゃん」「まこちゃん」と呼びあった、天上の親友に語りかけた。

兄は徴兵で海軍予備士官に進み、半強要の特攻から生き残った。弟は志願して陸軍現役将校になり、自ら特攻を選んで戦死した。それから五八年がすぎた。

内藤さんの執務室を辞すとき、善次氏の特攻について感想をたずねた。

「姉の連れ合いも戦死しました。男の兄弟が三人いて、一人ぐらい戦死するのは当たり前です」

深い意味を感じ取れる言葉である。その重さがしばらく脳裡から去らなかった。

一宇《いちう》隊《たい》、突入まで

――隊長機を追う過酷な道

ワシントンおよびロンドン海軍軍縮条約で艦艇を対米英劣勢に抑えられたとき、浜松陸軍飛行学校の教官だった自分は、同僚とともに「安全装置を解除の爆弾を積んだ飛行機で、敵主力艦に突入する航空必死隊」を提唱。海軍の当事者にも賛同を求めたところ、搭乗員は皆そう決心している、と言われた――爆撃分科出身で傷痕《しょうい》の予備役大佐と称する柴田真三朗なる人物は、著書『爆撃の話』のなかでそう述べている。

記述に従えば、彼が爆装機による体当たりを唱《とな》えたのは昭和五～六年（一九三〇～三一年）だ。そして『爆撃の話』は、開戦から一年たらずの十七年十一月に出版された、一般読者向けの本だった。

著者の柴田大佐自身に、体当たり攻撃をかける覚悟があったか否かは分からない。けれども意外に早い時期から、軍の底流に「いざとなれば航空決死攻撃」の心理が存在した傍証には加え得るだろう。

それから二年後、十九年十月下旬に『爆撃の話』の「航空必死隊」は、特別攻撃隊の名で現実化した。浜松教導飛行師団の重爆特攻・富嶽《ふがく》隊と、鉾田《ほこた》教導飛行師団の軽爆特攻・万朶《ばんだ》隊の編成である。

ところが、両隊が決戦場フィリピンへの進出準備中の十月二十五日に、第二〇一《ふたまるいち》海軍航空隊で編成の特攻・敷島隊などが護衛空母群に突入し、一隻撃沈、六隻撃破の戦果をあげた。特攻機のほとんどは零戦だった。

航空総監部など特攻戦法を推進する陸軍当事者たちが、この実績に注目したは当然だ。実用各機種のうちで操縦者も機材も最多の戦闘機は、特攻隊を編成しやすく、小型で単座ゆえに損失対戦果の効率が高い、と。

海軍の突入成功以前に、戦闘機の特攻使用の準備も進めていた陸軍当局が、海軍の特攻開始を契機に、にわかに実現へと動き出したように思われる。

必死攻撃への入口

陸軍では士官候補生出身の将校が、それぞれの分科（専門コース）の実用兵器によって実戦用訓練を受ける期間を、乙種学生（乙学と略称）と呼んだ。

三重県の明野飛行学校は、士官候補生出身の戦闘機操縦将校がいちように、乙学として戦技教育を受けたところ。つまり陸軍戦闘隊本流のふるさとだった。

昭和十八年に茨城県前渡《まえわたり》に設立された分校は、多忙な明野本校から戦闘技術の研究開発、普及任務の一部を受け継いだ。加えて翌十九年三月からは、航空士官学校第五十七期生（第五十七期航空士官候補生）卒業者の一部の乙学教育を担当。さらに六月二十日付で常陸《ひたち》教導飛行師団へと改編されて独立し、実戦任務を兼ねる組織に変わった（明野飛校も同様に教導飛行師団に改編）。

十八年十一月に明野本校で乙学を終えた航士五十六期出身者のうち一五名は、分校に着任し、まずあらためて対戦闘機戦の訓練を受け、ついで分校の研究課題の担当班に加わった。林安仁《やすひと》少尉が夜間飛行、早乙女《さおとめ》栄作少尉が高高度飛行といったぐあいだ。彼らは前述のように、十九年三月からは五十七期の乙学教育の補佐教官を兼務し、また地上兵科からの航空転科者、戦闘機に転科する将校操縦者の教育にも手を貸さねばならず、多忙をきわめた。

航士五十七期の乙学課程は十九年九月下旬に終業を迎えたが、入れ替わって士官学校すなわち地上兵科から転科の五十七期六〇名が入隊してきた。士官学校卒業まぎわに第二次航空転科者に指名され、航空士官学校で赤トンボの九五式一型練習機を省いて、いきなり九九式高等練習機での訓練に入った、第九十六期召集尉官操縦学生二九〇名の一部である。劣勢の航空消耗戦に、より多い操縦者の養成は急務だった。

五十七期航空転科者の操縦教育をゆだねられた五十六期は教官に任じられ、乙学を終えたての航士五十七期が補佐教官を務める。一八名の教育班を受け持つ教官・栗原恭一《きょういち》中尉（八月一日に進級）は「戦闘隊で必要なのは強固な編隊精神だ。編隊を崩さず、たとえペラが止まってもついてこい。俺が間違って山に突っこんだら、皆もそのままぶつかって死ね」と、激しい口調で挨拶した。教える側の航士五十六期と五十七期、教えられる側の転科五十七期に、特攻への打診が届いたのは、それからまもなくの九月末〜十月初めのころだ。

五十六期の林さんの回想。「日露戦争の白襷《しろだすき》隊（決死隊）を例に出し、必死の体当たり攻撃について『どうか』と問う手紙が、師団長の古屋健三少将名で師団司令部から、一人ずつに届きました。相談し合うことなく、それぞれ返事を書いたのです。私は『白襷隊と同じ決心であります。行きます』という文面だった」

各人宛の封書が来た点は同じだが、同期の木村（旧姓・早乙女）さんは「差出人は航空本部」と覚えていた。全員が「熱望」の申し込みで、血書志願者もいたという。「いずれ指名があるものと覚悟し、誰が一番乗りするかに関心が集まっていた」

転科五十七期の操縦学生たちは入隊当日に宿舎で、航空総監／教導航空軍司令官を兼任する菅原道大中将からの親展の書状をわたされた。祖国の危急を爆装体当たりで救わんとの檄《げき》文《ぶん》と、必死攻撃に対し「熱望」「希望」「希望せず」の三者択一の用紙が入っていた。

手塚博文少尉はかねて航空、軍艦などに強い関心を抱き、関連雑誌なども精読して、陸海軍機に加え欧米の軍用機にも詳しい、同期転科学生のなかでも珍しい存在だった（意外に思われようが、当時の軍航空関係者も大半は飛行機に対し、マニア的な興味や知識を持たなかった）。航空兵科を熱望したが、「主兵は歩兵」と断定する予科士官学校の区隊長に容れられず、大きな回り道を余儀なくされたのだ。

「特攻にいつでも応じる気持ちは五十七期転科の全員にありました。むしろ操縦技倆《ぎりょう》が高い人（航士出身者）のほうが必死攻撃に躊躇《ちゅうちょ》しがちになるのでは」と手塚さん。自分たちには希望などとらず、必要な人数分を天降《あまくだ》りに指名してもらえば結構、という所信である。

指名は栗原中尉に

転科操学の戦技教育には、さまざまな任務でたてこむ常陸飛行場（前渡《まえわたり》飛行場、水戸東飛行場とも呼ばれた）ではなく、秋田県北西部の能代《のしろ》飛行場が用いられた。能代までの移動は鉄道だった。

五十三期の津川二郎大尉の指揮のもと、栗原中尉のほか菊地守知中尉、篠原修三中尉の五十六期勢が教官を務め、三個班ずつをみる。一個班は学生六名で、補佐教官として航士五十七期が一名ついた。

使用機材は九七式戦闘機。複座型の二式高等練習機は用意されず、いきなり単独飛行で始まる。航士校で終えた九九高練よりもむしろ容易な九七戦なのだが、慣れないためだろう、当初は着陸事故があいついだ。

事故続きの能代飛行場で、九七戦を使って陸士57期転科のにわか操縦学生たちを教える、黒眼鏡の栗原恭一中尉。沈んだムードはあながち寒さのせいばかりではないか。

当然、勇ましくて厳格な栗原教官は怒鳴りっぱなしだ。不様《ぶざま》さにあきれて「訓練をやめたほうがお国のためかな」と嘆じることさえあったが、憤《いきどお》りは尾を引かず、総じて適切な指導に終始した。やがて事故やトラブルは減少し、戦闘隊らしい明朗快活な控え所《ピスト》に変わっていく。

訓練は単機格闘戦、曳的《えいてき》射撃、対地攻撃と進んで、十一月に入った。この間にフィリピン決戦は本格化し、十月下旬には海軍の神風特攻隊が続々と突入しつつあった。

能代での訓練が続いていた十一月二日、飛行場のピストに電報が届けられた。「八紘《はっこう》第二飛行隊長ヲ命ズ」。特攻隊長の下命だった。

「しめた、こうこなくちゃウソだ。レイテに必殺の殴りこみをかける。敵空母に体当たりだ。一人千殺でなくちゃ間にあわん。ひと足お先に行くぜ。皆もあとから来いよ」

一期違うだけだが、その風貌や態度に三～四期もの差を感じ、見上げていた手塚少尉の眼前で、栗原中尉は電報をにぎって歓喜した。一ヵ月前の特攻の打診に、中尉は血書で応じて

昭和19年11月２日、栗原中尉は特攻隊長に指名され、九九軍偵で常陸本隊へ向かう（後方席で立つ）。すぐ前に座った若杉是俊少尉も指名を受けた。

いたらしい。

このとき、補佐教官の若杉是俊《これとし》少尉にも特攻隊編入（のちに殉義隊）の命令が伝えられた。彼は幼年学校、予科士官学校、航士校をすべて首席で卒業した、とびきりの俊秀である。

その日の午後一時半、用意された九九式軍偵察機の後方席に二人が乗りこみ、津川大尉以下の面々に送られて常陸本隊へ向かう。能代から八郎潟の上空まで一式戦、九七戦が追随して、別れを惜しんだ。

栗原中尉の特攻隊長指名を師団司令部から伝えられた常陸の同期生たちに、「おい、栗原が特攻へ行くぞ」と小さなどよめきが生じた。

「自分が最初に指名されたとしても『一番乗り』を思う。それしかありません。ただ突っこむしかない。しかし戦闘機乗りだから、できれば空戦で死にたいのです。敵に落とされるなら、自分の腕が及ばなかったとあきらめがつく。空戦で死ねる立場の私には、特攻隊員に『すまんなあ』という気持ちがありました」

林さんは残る側の心境をこう語ってくれ、「栗原は口数は多くなく、気が強いタイプ。敦《つる》賀《が》（真二中尉。特攻・殉義隊長）のような荒武者とは感じが違います」と述懐する。

常陸教飛師からはほかに小隊長として、航士五十七期の天野三郎少尉と堀清太郎《せいたろう》少尉が特攻の指名を受けた。師団司令部の至急電報により、十一月二日に天野少尉の両親が山形から本隊まで面会に駆けつけたとき、彼は前に上げた両腕を左右に開いて「ああ一番乗り！」と叫んだ。

熱望に迷いなし

第一期特別操縦見習士官（特操と略称）に合格し、静岡師範学校を繰り上げ卒業して、昭和十八年十月に大刀洗《たちあらい》飛行学校の目達原《めたばる》教育隊に入った、ちょうど二十歳の大庭《おおば》恂一《じゅんいち》青年。彼が飛行機好きになったのは五歳のころ浜松飛行場で、アクロバット飛行を終えたパイロットが座席に入れてくれたからだ。

中学時代、飛行機乗りをめざして種々画策したが、教職にあった父親に阻止されて挫折。したがって特操の募集はまたとない好機だった。

佐賀県の目達原教育隊では、誰もがお世話になる中間練習機の九五式一型の前に、教育体系から外されて久しい初歩練習機の九五式三型に搭乗した。希望どおり戦闘分科の指定を受け、大陸にわたって天津《テンシン》の第十四教育飛行隊で九九高練、二式高練、九七戦を習う。

十九年七月、飛行学校から教導飛行師団に変わっていた明野に入隊。以後、明野教飛師・北伊勢教育隊と明野教飛師本隊を行き来して、おもに一式二型戦闘機「隼」の未修教育を受けた。キビキビした九七戦に比べて大味だが速いから、大庭少尉（十月一日付で任官）は一式戦を好んだ。明野ではほかに三式戦でも少し飛んでいる。

19年の初夏、任官前に曹長の階級章を胸に付けた第１期特別操縦見習士官たちと、第十四教育飛行隊が装備する九七式戦闘機。やがて特攻へ向かう運命が待つ者が少なくなかった。

　北伊勢にいた九月末〜十月初めのある日、訓練中の特操および甲種幹部候補生（幹候と略称。初年兵のうち中学卒業以上の学歴を有する者から選抜）出身の少尉たちに用紙が配られた。常陸教飛師でのものと同じく、必死攻撃への応対を尋ねる内容だった。一人で何千人もを葬る戦法だ、納得する者は応じてくれ、と配布者は言った。

「択一式だったか記入式だったか覚えてはいないが、俺たちがやらねばと、熱望を即断しました。生命への未練はありません。ただ、戦闘機でやるのか船を使うのか説明がなく、その点だけが引っかかりました」

大庭少尉のこの心情はたいていの者に共通だったようだ。誰かが上官に質問すると「無論、飛行機だ」との返事。これで「やるぞ！」のムードが高まり、彼も「熱望」を確定した。目達原教育隊からいっしょのコースをたどってきた、仲のいい大谷《おおたに》秋夫少尉も同じ決意だった。豪胆で酒豪、早稲田大学からいったん二等兵で入営ののち、特操に応募した人物だ。

提出期限の前に、長男、一人息子、妻帯者は除外との通達があった。大庭少尉も大谷少尉も長男。提出後、隊長の金沢大尉から「君たちは長男だが、どういうことか」と聞かれたが、「弟がいますから」と答え、意志を変えなかった。

全員を集めたうえで発表がなされ、両少尉を含む特操と幹候二四名の名が読み上げられた。いったん彼らは北伊勢から明野本隊におもむき、明野組と常陸組に別れ、後者はロ式輸送機で常陸教飛師へ向かった。これが十一月二〜三日のことで、能代の栗原中尉が常陸本隊に呼びもどされた時期と一致する。

常陸にいた栗原中尉ら航士出身の三名と、明野からの九名は顔合わせをすませ、兵舎ではなく那珂湊《なかみなと》の海岸沿いの旅館に入った。大庭少尉にとってこの時点での知己は大谷少尉ら特操の六名だけだが、大人びた感じの栗原中尉、明るい天野少尉、落ち着いた堀少尉というぐあいに、個性を短時日のうちにざっと理解する。フィリピン方面に対する特攻隊と定めた命令は、五日の深夜に伝えられた。

海軍の特攻攻撃開始後に、陸軍当局が編成に着手した特攻隊は、一式戦による四個隊と九九式襲撃機による二個隊。順に第一～第六八紘隊《はっこうたい》の名称を付された。第一が明野教飛師、第二は常陸教飛師の編成担当である。

第二八紘隊は、八紘第二隊あるいは八紘第二中隊とも呼ばれたようだ。大庭さんは単に八紘隊だったと記憶している。いずれにせよ陸軍最初の戦闘機特攻隊の一つであり、万朶隊、富嶽隊の突入以前なので、隊員たちが陸軍特攻第一号の意識を抱くのは当然だった。

決戦場フィリピンめざして

海岸沿いの旅館は古くて質素な造りだった。常陸教飛師の第一教導飛行隊長・広瀬吉雄少佐がやってきて「こんなところにいるより、菊屋旅館に行け」と言い、格段に上等な宿の手配をしてくれた。師団で初めての特攻隊なので、司令部としても扱い方を心得ていなかったのだ。

乗機には新品の一式三型戦闘機が用意された。おのおの自分の機を決め、方向舵の上部に栗原中尉機なら「ク」と、姓の最初の音を片仮名で白く書き入れた。大庭少尉と大谷少尉は同音なので、「オ」と「お」を用いて区別したが、もう一人同音の小野正義少尉については判然としない。天野少尉と愛敬理《あいけいさとる》少尉も同様の処置をとった。

また栗原機だけには、編隊飛行時に見つけやすいように、暗緑色の胴体に日の丸をつらぬくかたちで、水色のペンキで大きな矢印が描かれた。

出発までの時間が限られていたため、一式戦は受領時の飛行チェックを省いて運ばれてきた。技倆水準の高からぬ工員に、動員中学生や女子挺身隊が加わって組み立てる機材の、質の低さを懸念し、自分たちで胴体下面のビスを締め直してテスト飛行を実施。突入訓練はあらためて実施しなかったけれども、旅館で「どこにぶつけるか。深い角度で、できれば煙突の中に」などと、効果的な方法を語り合った。

広瀬少佐が配慮した菊屋旅館の酒食は上等だった。一二名全員が明るい気持ちを維持し、特攻志願への後悔はどこにもなかった。

雑談まじりの夕食をとっているときだ。栗原中尉が自然な口調で皆に告げた。

「このような攻撃隊は、俺たちで終わりであってほしい。あとは一機たりとも出ないですむようになってほしい。それだけに、俺たちの任務は重大である」

文を読むだけだと、特攻否定の表現とも受け取れる。「そうではない。われわれが大戦果を挙げて、あとは通常攻撃で勝てるまでに戦況を好転させよう、という意味です。一同、よしっ、と覚悟を新たにしました」。大庭さんの言葉は明快だ。

出発は十一月十日。航空総監・菅原中将も、東日本を発つ最初の特攻隊を見送りにきた。師団長・古屋少将が「全員、将校で固めた特攻隊だ。軍は貴官たちに期待する。頑張ってほしい」と送別の辞を贈った。

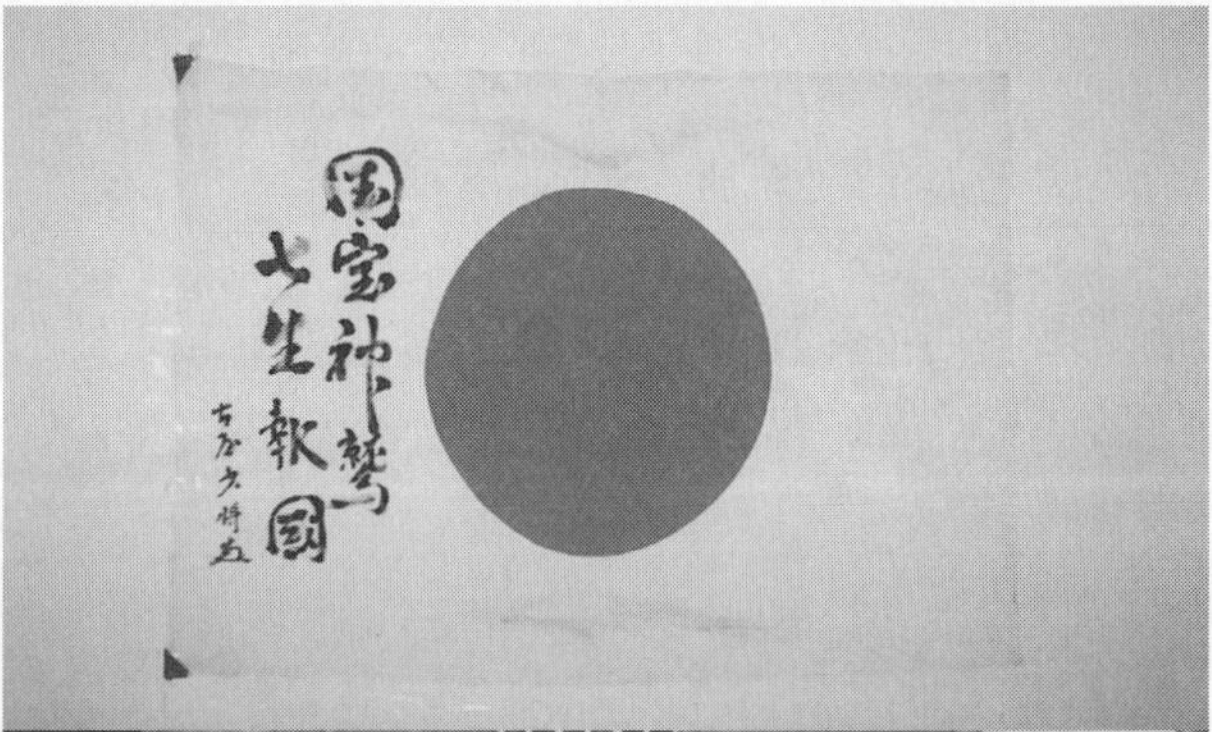

上：常陸教導飛行師団長・古屋健三少将が揮毫し、特攻隊員12名にわたした日章旗。「国宝神鷲　七生報国」と書かれている。下：常陸出発の11月10日、搭乗直前に写された第二八紘隊の記念写真。前列左から大庭惇一、喜多川等、堀清太郎少尉、隊長・栗原中尉、天野三郎、小野正義少尉。後列左から笹尾竜法、伊藤悦夫、愛敬理、大谷秋夫、田中穣二、勝俣静逸少尉。

フィリピンへ向けて内地飛行場から離陸にかかる、八紘隊の一式三型戦闘機。主翼下に容量200リットルの落下タンクを下げている。常陸教飛師からの第二隊とは断言できないけれども、この画像と類似の状況と思われる。

一二名は少将からわたされた日章旗を首に巻いている。「ただいまより出発します」と答えた栗原中尉は、隊員に向きなおり「大命完遂までは石にかじりついても生き抜け。ひとたび敵に見《まみ》えんか、この隊長についてこい！」と言い放った。

午前十時、送る著たちの万歳三唱のなかを搭乗、四機編隊ずつ三回に分けて常陸飛行場を離陸した。飛行場の上空を一周して名残《なごり》を断ち、福岡県大刀洗へ機首を向ける。

先頭の第一小隊は栗原中尉、田中穣二少尉、笹尾竜法少尉、喜多川等少尉（一～四番機の順）。右後方の第二小隊は堀少尉、勝俣静逸《かつまたせいいつ》少尉、大庭少尉、大谷少尉。左後方の第三小隊が天野少尉、愛敬少尉、伊藤悦夫少尉、小野少尉。勝俣、田中両少尉が幹候出身だ。全機、機関砲弾を積み、翼下に容量二〇〇リットルの落下タンク二本を付けていた。

乗機の造りに全幅の信頼を置きがたく、一機に不調が生じれば、小隊四機がまとまって手近の飛行場に不時着陸するように取り決めてあった。案の定、いくらも飛ばないうちに二小隊長・堀少尉機が故障し、大庭少尉ら三機とともに海軍基地（百里原《ひゃくりがはら》と推定）に降着。容易な修理ののちに、八機を追いかける。

追う道の険しさ

強風で雪煙が上がる富士山をすぐ右に見つつ、二小隊は四〇〇〇メートルの高度を西進した。五時間飛んで、午後三時に中継給油地の大刀洗飛行場に降りると、誰も先着していない。知人（飛行第二百四十六戦隊の同期生か）に会うため兵庫県加古川に着陸した栗原中尉は、僚機をつれて翌十一日の午後に大刀洗に到着。そしてすぐ「郷里の上空まで行ってくる」と、同じ福岡県内の糸島郡へ単機で発進した。

短時間しか飛ばない常陸では現われなかった、粗製一式戦ゆえのトラブルが、大刀洗であいつぎ発生した。大庭機、喜多川機の動力系統に金屑《かなくず》が出たため、内部の洗浄をはじめ整備に手間どる。小野機も不調で残され、他の機は先発していった。

十三日の朝、直りきらない小野機を大刀洗に残して二機は離陸し、次の中継地の鹿児島県知覧に降着。ここでも整備にてこずり、ようやく十六日の正午、まず喜多川機が出発し、沖縄・嘉手納《かでな》の中飛行場へ。大庭機は一時間遅れて読谷《よみたん》の北飛行場へ向かう。

石垣島での第二八紘隊の９名。左から指示を与える栗原中尉、勝俣、堀、天野、大谷少尉。顔が分からず不詳の３名をおいて右端は笹尾少尉。左端遠方に百五戦隊の三式戦が見える。

大庭少尉を驚かせたのは、北飛行場に作られた将兵の列である。「隼」から降りた彼を、乗用車が迎えにきた。「あの整列はなんだ？」。運転手に聞くと、「少尉殿を迎えるため並んでいるのです」との答えだ。列の前に車が止まると、大佐が歩いてやってきたので、少尉は大いに恐縮した。

大佐の階級から、その人物は南西諸島の飛行場を束ねる第十九航空地区司令官のようだ。知覧から通知があったのだろう、必死攻撃をめざす操縦者に感動した大佐は、酒杯を交わし、辺鄙《へんぴ》な場所だがドラム缶風呂を用意して、少尉をねぎらった。

翌十七日午前、連絡ずみの中飛行場へ飛んで喜多川少尉と合流。すぐに発進し、いったん宮古島の飛行場に着陸した。故障や不具合からではなく、中継予定地の台湾・屏東《へいとう》まで洋上が主体の直線距離五五〇キロを、半分に区切るのが目的と思われる。

宮古島出発を気象班に止められた。範囲は狭いがひどい低気圧に阻まれる、と言う。しかしフィリピンへ一刻も早く到着し、隊長以下の主力に追いつきたい二人は、制止を振りきって、一時間ほどの滞在ののち島をあとにした。

ややたって天候が急変し、視界が悪くなった。低気圧の空域に入ったのだ。どんどん高度を下げていき、計器の針は三〇メートルを指した。雲が海面まで降りている。南風も雨も強い。大庭機の右後ろに広めの間隔で追随する喜多川機に、感度が低い無線電話で単機ずつでの飛行を伝えた。視界不良による空中衝突を避けるためだ。

こんなときに潤滑油が噴き出した。床に油があふれ、前部風防も汚れて前が見えない。やむなく大庭少尉は天蓋《てんがい》（可動風防）を少し開け、隙間から覗きつつ飛んでいく。

幸運にも、滑油が抜けないうちに石垣島を視認した。飛行場らしい地域の小屋から人が出てきて、なにかを振っている。飛行場に違いない。ぬかるんだ滑走路で転覆しないよう、推力を殺しきらずに降り、強くブレーキを踏んで機を止めた。

栗原中尉以下の主力九機も石垣島に降りて、すでに飛び去っていた。十三〜十四日に在島したようだ。彼らのうちに不調機、故障機はなかったらしく、残置機は見当たらなかった。

天候も機材も不良

噴き出た滑油で目を痛めた大庭少尉は、石垣島の雨の飛行場に降りるさい、無線電話で喜多川少尉に先に着陸するよう伝えていた。視力の支障ゆえに失敗し、滑走路をふさいではならないと考えたからだ。

幸いうまく降りられた。だいぶ離れた所にもう一機の一式戦三型が置かれ、喜多川少尉が小屋のそばで待っていた。疲労と安堵《あんど》でノドの乾きに気づいた大庭少尉は、そばにあった貯水用のドラム缶に溜まった雨水を、手にすくって飲んだ。

小屋に入って一服する間もなく、軍（おそらく第六十九飛行場大隊）の車が迎えにきて、二人を村長の家まで乗せていった。食事も寝所もちゃんと用意され、親切な家族の接待を受ける。老婦人がなにか問いかけるが、方言なのでまるで分からない。「なぜこんな危ない日に飛んできたのですか」と子息が標準語に直してくれた。必死隊とは説明できず、ただ任務とだけ答えた。

翌日、十一月十八日は早い朝食をすませ、迎えの車で飛行場へ。そぼ降る雨のなか、二機の一式戦はならべて駐機してあった。

少し待ったが雨は止まない。台湾までの天候も良好ではないが、先を急ぐ二人は昼すぎに離陸。当初からの中継地、台湾中南部の嘉義《かぎ》をめざす。

洋上は曇天で、雲の下を低く飛んだ。高度は二〇〇〜三〇〇メートル。台湾の東岸沿いに南下していくと、雲の切れ間が見えた。そこから旋回しつつ上昇、高度一五〇〇メートルでまぶしく鮮やかに視界が開け、右方向に嘉義の飛行場が視認できた。

着陸して、隊長・栗原中尉たち第二八紘隊主力の行方《ゆくえ》をたずねる。屏東へ向かった、との返事を得て、すぐに再発動。離陸後に大庭機の左主脚が入らず、やむなく両脚とも出しっ放しのまま飛び続け、屏東に降着した。主力はすでに発《た》った後だった。

主脚の修理には四日ほどかかった。その間に、大刀洗に残してきた同期の小野少尉が、他隊の飛行機に便乗して屏東に現われた。

大庭、喜多川両機が大刀洗を去ったのち、小野少尉は乗機の不調を直して独りあとを追った。けれども沖縄から台湾へ向かう途中でまたトラブルが生じて、小さな島に不時着し、助け出された。そのときの負傷がまだ癒《い》えず、上半身に包帯を巻いており、かなり痛むようすだった。

屏東で小野少尉に、新しい一式戦三型が用意された。身体が不自由な小野少尉から「テスト、やってみてくれんか」と頼まれて、大庭少尉が搭乗。一五〇〇メートルまで昇り、水平飛行にかかるとエンジンが止まってしまった。降下し、始動操作を試したら再始動したが、高度をかせぐうちにまたエンスト。なんとかもう一度パワーを取りもどし、着陸後に整備兵に状況を話した。

開戦後に主用された第一線機のうちで、一式戦はトップクラスの可動率を維持した。火力が劣弱なのに、最後まで主力機材であり続けた要因の一つが故障の少なさ、すなわち信頼性の高さだった。

出力向上の水メタノール噴射と推力式単排気管の採用で、中低高度の速度を増した一式戦三型の、制式採用は十九年十二月。第二八紘隊員が受領したのは制式化以前の十一月上旬のうちだが、初期生産分にありがちな動力関係の設計上の不具合が、完治されていなかったのか。それとも、中島から転換生産を受けた立川飛行機における、人員あるいは設備面の製造態勢に不備があったのか。あるいは前進飛行場の整備隊に、三型を取り扱う知識が欠けていたのか。

これほどに故障、不調が連続した真の理由は、いまとなっては突き止めがたい。唯一言及したいのは、初めて戦闘隊として必死攻撃に出ていく一二名に、なぜ完調の機をわたしてやれなかったか、である。特別に調子を整えた「隼」を、航空本部が、常陸《ひたち》教導飛行師団が、あるいは参謀本部、航空総監部が、ぜひとも揃えねばならなかったのだ。のちの特攻あいつぐ、ゆとりなき沖縄戦とは違い、それがさして困難ではない状況だったのだから。

あとになり先になりして

乗機の不出来はなおも尾を曳《ひ》いた。

大庭少尉が修理を終えた愛機に乗り、喜多川少尉機といっしょに屏東を飛び立ったのは十一月二十五〜二十六日ごろ。エンジンが不安定な小野少尉は、同行できなかった。

次の予定中継地、ルソン島の北端に近いラオアグへは真南へ飛べばいい。ところが、またしても大庭機の脚がちゃんと引き込まず、出たり入ったりの状態なのが、計器板の指示灯と翼上の出入指示棒で分かった。ラオアグ飛行場に接近し、脚出し操作をくり返したのに、右側だけしか出ない。いっそ両方とも引き込んだままのほうが胴体着陸がやりやすいのだが、右脚は出たままだ。

喜多川機は先に降着した。大庭少尉は飛行場の手前の洋上で、じゃまな落下タンクをまず投棄し、発火につながる翼内タンクの燃料を減らすために飛び続ける。

フィリピン要図

やがて降りるときが来た。右脚を接地させ、スロットルレバーとブレーキを小刻みに使って行き足を制御。まもなく脚が折れ、一式戦はドーンと地面に当たって滑り、止まった。少尉にケガはなかった。

飛行機は修理不能だった。このことが

彼の使命感、責任感を苛《さいな》んだ。「乗機を壊してしまい、申し訳ない。整備をもっと充分に、納得できるまでやってもらったら、こんなことにはならなかったのに」。だが、つらい感情を抱かせた故障の責任など、必死攻撃の操縦者本人にいささかなりともあろうはずがない。

ラオアグでも栗原隊長らは出たあとだった。大庭、喜多川両少尉は兵舎に泊まり、翌二十六～二十七日ごろにまず喜多川少尉が次の予定地のマバラカットへ出発した。

この機にもエンジントラブルが発生し、中部ルソン西岸のリンガエン湾の海岸に不時着、傷を負った。友軍に収容され、入院を促《うなが》された喜多川少尉だが、「遅れているから、そんなことはしていられない」と、主力に追及するための手段を要請した。

ラオアグに残っていた大庭少尉に、その日のうちに思いがけず前進の道が開けた。九九式襲撃機（あるいは同型の軍偵察機）の編隊が来て、マニラへ向かうという。下志津教導飛行師団で編成の第六八紘隊（まもなく石腸《せきちょう》隊と改称）だ。陸軍特攻の複座機は海軍とは異なって操縦者だけが乗るから、後方席はあいている。便乗を頼むと、航士五十七期の少尉が「それなら自分の機に乗ればいい」と言ってくれた。

意外にゆとりがある九九襲の後方席に同乗して、マニラ近郊の飛行場へ。そこから即日、マニラ北西のクラーク基地群の北部に位置するマバラカットまで、トラックで送ってもらう。マバラカット基地でも第二八紘隊員に会えず、現地人の住まいと同じ高床式の家屋に一人で泊まった。

翌日の午後になって、喜多川少尉がトラックに便乗してやってきた。本来なら先着していたはずの彼は「いや済まなかったな」と大庭少尉に言い、不時着事故を起こして遅れたこと、傷ついて包帯を巻いてはいるが操縦できることなどを、淡々と語った。基本操縦と戦技の両教育課程で最優秀の成績をおさめた、剣道五段の学鷲の闘志は、いささかも衰えていなかった。

マバラカット基地に来て数日のうちに、呼びにきた下士官について大庭少尉が飛行場へ行くと、新しい一式戦三型が置いてあり、「これが少尉殿の機です」と言われた。その後さほど間をおかず、喜多川少尉にも三型がわたされた。二機とも新品だったが、以前のように方向舵に姓の第一音を書きはしなかった。

さらに何日かして、屛東で別れた小野少尉が、エンジン不調で大庭少尉を困らせた「隼」に乗って飛んできた。

マバラカットに来てから、大庭少尉は発熱した。三七度の微熱なので深刻には考えず、当番兵に「医務室で風邪薬をもらってきてくれ」と頼んだ。薬を二～三回服用してもあまり効かない。これが運命を分ける原因になろうとは、思いもよらなかった。

隊長たち五機のゆくえ

栗原中尉以下の本隊・主力九機の航程は、十一月十三～十四日に石垣島に降りたと推定できるほかは、判然としない。

二十日の昼ごろ、マバラカット基地に着陸したのは確実だ。同基地にいた飛行第三十一戦隊の整備隊長・杉山龍丸大尉は、到着した特攻隊の分散配置と整備指導のために出向き、航空士官学校で三期後輩の栗原中尉に会った。三十一戦隊は一式戦部隊なので、彼らおよび乗機の世話をする役目を受けたのだ。

このとき第一〜第六八紘隊は、フィリピンの陸軍航空のトップである第四航空軍司令官・冨永恭次中将から、マニラの軍司令部でそれぞれ固有の隊名を与えられていた。第一はそのまま八紘隊だが、第二は「八紘一宇《いちう》」から一宇隊と命名された。そこで本稿でも以下、一宇隊と記述する。

一宇隊の一式戦にはすでに爆装がなされていた、と三十一戦隊整備隊長だった杉山氏は手記に書いている。のちに通常化する二五〇キロ爆弾ではなく、小型の一〇〇キロが両翼下に一発ずつ懸吊《けんちょう》してあったという。装甲の薄い輸送船が陸軍特攻機の主目標とされたから、一〇〇キロ爆弾でも効果を期待できなくはないのだが。

爆弾の先端から、暴発防止用の風車付き安全栓《せん》が取り去ってあるのを見て、杉山大尉は驚いた。これでは、わずかな衝撃で瞬発信管が作動して、爆発しかねない。そこで、危険で整備ができない旨を栗原中尉に伝え、出動にかかるときまで安全栓を付ける同意を得た。

栗原中尉は杉山整備隊長に案内されて、三十一戦隊の指揮所を訪ねた。戦隊長・西進少佐に挨拶《あいさつ》のあと、二十一、二十二両日の訓練飛行を打ち合わせ、戦隊付の同期生・寺田慶造中尉と歓談した。

会合のあとで整備隊長は栗原中尉に、安全栓の風車の回転を止める針金を、出撃航進中に機内から引いて外せるよう改造できる、と話した。風車さえ回らなければ、安全栓は外れない。

11月、レイテ島沖の米輸送船3隻に特攻機が突入し、水柱が上がる。海軍特攻の主目標は軍艦、陸軍は船舶だ。

しかし中尉は、これを受け入れなかった。「特攻で死ぬ決意は固めているが、最後の飛行中に針金を外す操作をするのは、心理的に不可能。決死の覚悟をぐらつかせるから、やめてもらいたい」旨を答えた。

地上勤務ではあっても、かつてのビルマで空襲され、またここフィリピンで激しい銃爆撃を受けるなか、戦死と隣り合わせで行動してきた杉山大尉は、「堅い覚悟のもとでも、自己保存の本能が無意識に働く」という中尉の言葉の意味を即座に納得し、深い敬意を抱いた。

だが、これらの杉山氏の回想を、大庭さんは否

飛行第三十三戦隊がフィリピンに残置した一式戦二型も、12月末に特攻に使われた。右翼下に250キロ爆弾、左翼下に落下タンクを付けて離陸する。爆弾の大きさに注意されたい。

定する。

「爆弾が一〇〇キロというのは、おかしい。常陸を出るとき二五〇キロ二発と言われていましたから。それに、マバラカットから爆装していくはずがありません。われわれの機には初めから、風車止めの針金《ワイヤー》を付けていました。目標の海域に確実に近づいたときに、針金を引くのが当たり前なのです」

杉山氏の記憶を無視するわけではないが、やはり大庭さんの話すとおりと考えるべきだろう。目標の不在や天候の急変などで、もどらねばならないケースがあるからだ。

レイテ島への第二次総攻撃を前に十一月二十三日、三十一戦隊はネグロス島北部のバコロド地区へ進出する。バコロドはクラークと同様に多くの飛行場が存在し、同戦隊はそのうちのファブリカを指定されていた。

三十一戦隊の一式戦十数機は午後一時ごろにマバラカットを発進した。それに続いて栗原中尉ら一宇隊機も離陸したから、目的地は同じファブリカだったのではないか。航進したのは五機と思われる。

この二十三日の夕刻、杉山大尉は整備隊を指揮してファブリカに追及した。一宇隊機が見当たらないので西戦隊長にたずねると、航進中に積乱雲を越えるあたりで見失った、との返事だ。戦隊は一宇隊機の不時着を考え、途中や周辺の飛行場に問い合わせ中だった。飛行コース付近に敵戦闘機が出たとの情報はなかった。

行方不明の操縦者は、栗原中尉、堀少尉、笹尾少尉、勝俣少尉、伊藤少尉。熱帯の巨大な積乱雲が放つ、強烈な乱気流に巻きこまれたのか。そうした悪天候が原因での、墜落の可能性が大である。

同日、米陸軍機の単発機に対する戦果は、バコロド上空での一機撃墜、一機撃破だけで、時刻もずれている。米海軍機と海兵隊機は空戦の戦果をまったく報告していない。

ようやくネグロス島に

マバラカットの一宇隊三機のうち、整備状況がよかったのは大庭少尉がもらった機だった。小野少尉の機はいまだに不調を引きずっていた。

本隊のようすが分からない以上、とにかく追いかけるしかない。調子万全の判断がなされた二式戦に、微熱が引かない身体で搭乗した大庭少尉は、十二月六日の午後にネグロス島へ向かった。彼が指示された飛行場はファブリカではなく、南西へ五〇キロ離れたタリサイ。

比島決戦の主戦場レイテは末期的段階に入り、ネグロスへの敵の空襲は増す一方だから、この変更は理解できる。

途中、百式輸送機三〇機以上の編隊を追い抜いた。劣勢の日本軍にはきわめて珍しい大きな集団の輸送機群は、挺身飛行第一戦隊の所属機で、空挺特攻の第二挺進団（いわゆる高千穂部隊）を乗せて、クラーク基地群のアンヘレスからレイテ主要飛行場上空へ突入に向かうところだった。

輸送機編隊を左下方に見て飛んだ少尉の視界が、変にチラつく。タリサイ上空に達するまでに、この奇妙な感じは続き、しかも増幅していった。着陸にかかったが、高度の判定ができない。数度の復行ののちに、なんとか飛行機を壊さずに降着できた。

「隼」から降りて歩き出すと、膝がガクガクして足元がふらつき、前へ進みにくい。二時間半の飛行のあいだに体調が急速に悪化し、ひどく発熱していたのだ。医務室へ連れていかれ、軍医がとりあえず解熱剤を注射したため、まもなく苦痛がいくらか和らいだ。

体調劣悪の大庭少尉の記憶には、当然ながらやや混乱し前後する部分がある。病気はデング熱だと診断されたこと、栗原隊長らがバコロド地区に未着であること、第二八紘隊が一宇隊に改称されたこと、などを教えられたのは順不同で覚えている。すぐに飛行場から遠からぬタリサイ市内の、かつてアメリカ人が住んでいた瀟洒《しょうしゃ》な建物に移されたようだった。

大庭機から一〜二時間遅れて、喜多川少尉の一式戦がタリサイに到着した。解熱剤が効いて少しは動けるようになっていたので、大庭少尉は喜多川少尉と乗用車に乗って、数キロ北のシライに置かれた第二飛行師団司令部へ命令受領に出向いた。師団司令部はぱっとしない木造の建物の中にあった。

司令部でどんな話があったのか、大庭さんの記憶は定かでない。一人だけ先に帰されたようでもある。また、「自分も行きます」と言い張り、師団の参謀から「そんな身体では爆装機の離陸すらおぼつかない。まして体当たりなど無理だ。健康な体調になるまで出すわけにはいかん。次の機会を待て」と却下された。参謀の言葉は師団司令部ではなく、同日に市内の旧米人居宅に見舞にきた折に聞かされたようでもあった。

両少尉がタリサイに着く前日の十二月五日に、天野少尉、大谷少尉、愛敬少尉の三機が、三五キロ北東のマナプラ飛行場から出撃し、スリガオ海峡の艦船群に突入したのを、二人はまったく知らないでいた。すでに一宇隊一二機の三分の二が存在しなかったのだ。

天野三郎少尉。

天野少尉らは、栗原隊長指揮の五機にいくらか遅れてルソン島を発ち、バコロド地区に到着したと考えられる。

陸海軍四個隊の一六機の特攻攻撃が行なわれた五日の、敵の主な損害は中型揚陸艦一隻沈没、同一隻大破だった。

三人は出ていった

十二月六日、旧米人居宅に入ったその日のうちに、高熱と下痢に苦しむ大庭少尉のベッドのそばに、喜多川少尉が見舞にきた。師団司令部で出撃命令が出たのだろう、喜多川少尉は症状をたずね、明七日の朝に出撃すると告げた。

翌朝、大庭少尉が気がつくと、もう一人の一宇隊員である田中少尉とともに、喜多川少尉が飛行服姿で立っていた。「大庭、ひとあし先に行くからな。いっしょでなくて残念だが、あまり焦らないで、しっかり身体を治してから来いよ」と語りかける。

田中少尉がどんな理由で本隊と分離していたのか不明だが、乗機のトラブルがらみによるものと推測される。

両少尉の表情や態度は自然で、深刻なそぶりは少しもない。病床から差し出す手を、二人はそれぞれ両手でしっかり握って「小野がもうすぐ追いつくと思うから」と力づけ、元気よく部屋を出ていった。外は昨日来の強い雨が降っていた。

やがて飛行場の方角から、一式戦が離陸する聞きなれた爆音が伝わってきた。ベッドで上半身を起こした大庭少尉は、遠ざかる音をじっと身を固くして聴いていた。

喜多川機と田中機のタリサイ出撃時刻は正午ごろ。レイテ西岸の激戦海域・オルモック湾の艦船に突入と記録されている。

　この七日は九個隊四二機が特攻攻撃を加え、連合軍は駆逐艦二隻、中型揚陸艦一隻沈没、駆逐艦二隻大破の損害をこうむった。

　デング熱に苦しむ大庭少尉は、幻覚にも苛《さいな》まれた。天井が下がってきて鼻先でぐるぐる回る。ベッドが傾いて落ちそうになり、手すりにしがみつく。師団司令部が雇ったボーイとメイドが、熱心に看護してくれた。

19年12月７日、雨にぬかるんだタリサイ飛行場で一式戦三型の出撃準備が成った。機上は一宇隊・田中穣二少尉。離陸困難なためか搭載爆弾は小型の100キロが２発だ。

　他隊の特攻隊員たちが来訪したこと、落語家・柳家金語楼の「節約問答」のレコードでひさびさに大笑いしたことなどが、断片的に記憶に残っている。

　はっきり覚えているのは、マバラカットに残った小野少尉が、病臥《びょうが》の部屋に来たときのようすだ。小野少尉は不調な一式戦に乗って十二月十日ごろ、なんとかタリサイに飛んできたのだった。

「飛行機を交換してくれないか。その身体

では、すぐには出られないだろ。治るまでに俺の機の整備も仕上がるよ」と小野少尉が依頼する。体力がもどりしだい出撃するつもりの大庭少尉は即答しかね、「ちょっとまずいから待ってくれ」と返事した。

エンジンに支障がある「隼」では、爆装の飛行はまず無理だ。レイテ戦の終焉《しゅうえん》を迎え、マニラの喉元《のどもと》のミンドロ島へ戦場が移ろうとするこのころ、バコロド地区の各基地ではひどく機材が払底していた。いったんは引き下がった小野少尉は、自機が完備不能で代機の入手が叶わなかったらしく、一～二日後にふたたび訪れて「どうだろう、代えてもらえないか」と頼んだ。

不調な機しかないなら爆弾を軽くしてでも行きたい、と語る小野少尉の気持ちと、あい変わらず熱と下痢で動けない自分の現状を考えて、やむなく大庭少尉は交換を承諾した。十二月十三日に掩護《えんご》機なしの単機で小野少尉が出撃していったことを、のちに聞かされた。

小野少尉はミンダナオ海で突入した。同日の特攻は三個隊からの六機。駆逐艦一隻大破、軽巡洋艦一隻を破壊している。

特攻をかける術《すべ》なくて

高熱と下痢の一週間余がすぎると、大庭少尉は少しずつ回復し、半月後にはずいぶん症状が軽くなっていた。

栗原隊長ら五機の未帰還が分かり、天野少尉ら三機の突入も師団司令部から知らされた。残る喜多川、田中、小野少尉とはベッドで別れを告げたから、一宇隊の生存者は自分だけと知った。寂しいというより、置いていかれてしまった気持ちが強かった。一人になっても、もちろん皆のあとを追う決意は揺るがなかった。

だが、小野少尉が残していった一式戦はいっこうに完調にいたらず、ついには空襲を受けて大破。バコロド地区の第二飛行師団の隷下《れいか》・指揮下部隊に対する機器材の補給は、十二月なかば以降は杜絶《とぜつ》状態だったから、大庭少尉の意志とは裏腹に、特攻出撃そのものが実行不能に変わりつつあった。

明けて昭和二十年。一月上旬に主戦場はルソン島へ移り、比島決戦は最終局面を迎える。「あとに続く」を連呼して多くの特攻隊員を送り出した冨永中将は、マニラから台湾に逃げ、四航軍司令部も追随。特攻隊への対応を続けてきた二飛師司令部は、シライに置きざりのかたちで残された。

一月のうちに大庭少尉は、途中から旧米人居宅に同居していた阿部軍曹とともに、師団の指示によりシライの現地人家屋に引っ越した。

阿部軍曹は護国隊（旧・第四八紘隊）の一員で、バコロド地区への着陸のさいに米機の銃撃を受け、乗機を失ったうえに負傷して、出撃不能を余儀なくされていた。経過は異なるが、大庭少尉と似た境遇にあり、戦意も高かった。

大庭恂一少尉。

二人はしばしば司令部を訪れ、特攻出撃を願ったが、師団としても充《あ》てる飛行機がなくては命令の出しようがない。一月末のバコロドの可動数は合計一〇機ほどにすぎなかった。

師団長の寺田済一中将をはじめ、司令部職員の対応はていねいで、参謀長・大賀時雄大佐も「タバコはあるか」などと気を遣《つか》ってくれ、食事の世話もおろそかにされなかった。戦後に大庭さんは、沖縄戦における生還特攻隊員への杜撰《ずさん》な仕打ちを知って、相違に驚いたほどだった。

その後、二飛師隷下の空中勤務者を戦力化するため、他の戦域に脱出させる策が試みられた。大庭少尉は海軍中尉の搭乗員から、どこへでも空輸してほしいと、零戦一機をわたされ、データを聞いて未修飛行（操縦訓練）まで実施したが、結局は返還を要請されて未遂。やはり一機だけあった機関砲なし（地上戦に使うために取り外した）の三式戦に阿部軍曹が乗って、ボルネオをめざしたが、ミンダナオ島沖あたりでF6F大編隊に出くわし、体当たり戦死したと、のちに報道班員から聞かされた。

米軍がネグロス島へ上陸直前の三月下旬、司令部職員はサラビアに飛来した九七式重爆撃機に少尉が乗れる手配をしてくれた。ボルネオ・クチン〜シンガポール・テンガー〜カンボジア〜中国・衡陽《こうよう》〜大場鎮〜福岡・雁ノ巣という大迂回《うかい》で、六月に内地に帰還。

同月下旬、二日だけ自宅ですごしたのち、航空本部に出頭し、飛行第五十二戦隊への転属を命じられた。茨城県下館《しもだて》飛行場で第二中隊付として四式戦を未修し、東京・調布に移って敗戦を迎えたが、この間に特攻任務にもどる話は一度も出なかった。

「私だけが帰還してしまった。この気持ちは、同じ運命をたどった者でなくては理解できないと思います」

フィリピンの海にあとを追うべく努力をつくしたが達し得ず、つらい感慨を抱き続けてきた大庭恂一さん。一一人の戦友の冥福を祈らぬ日はなかった。

天上の一宇隊員は間違いなく彼の心情を理解し、その幸多かれと見守り続けるだろう。

征《ゆ》く空と還《かえ》る空

――運命の分岐点が学鷲を待つ

四式戦搭乗への道

鳥取高等農林学校の三年生、藤原一三《かずみ》学生が、第一期特別操縦見習士官、略して特操一期への応募に心が傾いたのは、配属将校の予備役中佐に「すぐ将校になれる。なによりこの国家非常時に航空兵力の増強は必須」と勧められたのがきっかけだ。飛行機がとくに好きだったわけではない。

同級生たちとの海水浴の帰り、鳥取砂丘を歩きながら話し合って、気持ちを固めた。海軍の第十三期飛行専修予備学生を受けた者もいた。まもなく卒業すれば、いやおうなく兵役に就かねばならない。用意された各種のコースのうち、士官学校出身の現役将校に準じる待遇を受けられる約束の、学鷲《がくわし》たる特操へ進むのは、悪い選択ではないはずだった。

一次試験を鳥取で受けて合格したのが昭和十八年（一九四三年）の八月。二次試験は九月十五日に靖国神社に近い軍人会館（いまの九段会館）で行なう旨《むね》の通知が来ていた。

その五日前の九月十日、半年くり上げの卒業試験が始まった。初日の科目を終えて下宿での夕食時、いきなり激しい揺れに襲われ、二階建ての建物は崩壊。閉じこめられた大家母子や下敷きになった同級生を救い出すなど、藤原青年は全力で活動したが、高等農林では校舎の損壊により試験の続行中止、即時卒業の決定がなされた。

震災で鉄道も不通だ。学校で配属将校に二次試験を断念すべきか相談したところ、「万難を排して行け」との強い指示。十二日の夕刻、豪雨をついて二駅を歩き、ずぶぬれの姿で岡山行き最終に間にあった。着替えなど持たず、列車のトイレでシャツとズボンをしぼり、ふたたび着用した。

東京での二次試験の合格者は合計二六六〇名。そのうちの一人に選ばれた藤原青年は、十月一日に大刀洗飛行学校の目達原《めたばる》教育隊に入隊し、即日、見習士官の階級を与えられる。彼ら六十数名の基本操縦教育の訓練機材は、まず九五式三型練習機。中間練習機である九五式一型から始め得るとの判断により、三年前には訓練教程から引退した初歩練習機の三型だが、一型の不足ゆえか、目達原だけで特例的に臨時使用された。

藤原見習士官の場合、十月十一日に助教が操縦する三型に乗っての「操舵感覚」に始まって、翌十九年三月十七日の同期生互乗による一型での「編隊飛行」まで一一五回、合計五九時間弱の操縦訓練を受けた。大戦前半までの訓練時間の半分あまりでしかない、ずいぶんな速成教育である。

三月二十日付で第二十六教育飛行隊へ転属。月末、満州南西部の錦県《きんけん》（錦州）に着任し、九九式高等練習機で戦闘分科（戦闘機コース）の基本操縦教育を開始。ついで九七式戦闘機による基本戦技教育に移る。海軍の実用機教程に相当する期間だ。

七月に内地に帰り、静岡県西部の明野教導飛行師団・天竜教育隊で主として一式戦闘機「隼」の未修訓練（操縦訓練）にはげむ。十月一日付で少尉に任官。

飛行中の九九式高等練習機の後方席（教官・教員用）から前方席（学生用）を見る。それなりの機動力があって直協偵察機にも使われた。

続いて三重県の明野本校で四式戦闘機が待っていた。一式戦の飛行時間は長くはないが、九七戦に似た操縦感覚でなじみやすかったのに、四式戦はまったく別種の機材だった。

「すごい飛行機だ。はたして乗れるのか」が、どっしりした外形に対する、藤原少尉の明野での初印象である。性能データを聞かされ未修飛行にかかって、すぐ感じたのは重さだった。滑走距離が長く、離陸時の引き上げも、各種の空中機動も、一式戦の軽快感からほど遠い。もちろんずっと高速。降下中に六〇〇

高速で重い四式戦闘機を使いこなすには、平均以上の技倆を要した。動力の故障多発、脚の折損もしばしばあり、整備隊にとっても難物機だった。

キロ／時に到達後に機首を起こすさい、目の前が暗くなりかける、ブラックアウト一歩前の経験をした。

「四式戦」はもとより、「疾風《はやて》」の愛称も知っていたが、試作名称のキ八四から「はちよん」と呼んだ。着陸後の滑走中、続いて降りてきた三式戦闘機「飛燕《ひえん》」と翼端接触したり、プロペラピッチ変更不能で低ピッチのまま辛くも離陸、松林をこすって上昇するなど、アクシデントはあっても、大事には至らなかった。このあたり、のちにつながる彼の武運の強さと言えるだろう。

二機編隊が基幹のロッテ戦法は訓練したが、単機格闘戦を習うまでの技倆と時間的余裕はなかった。空中の曳的《えいてき》にしろ地上の布板的《ふはんてき》にしろ、四式戦での射撃訓練は経験せずじまい。「二ヵ月ではとても手の内に入らない」。藤原少尉はそう実感した。

比島進出は容易ならず

明野で四式戦を未修した二〇名以上の特操一期のうち、一〇名ほどが十一月八日付で飛行第一戦隊付を命じられ、茨城県下館《しもだて》飛行場に赴《おもむ》いて着任した。一戦隊の主力はフィリピン航空決戦に参加し、十月下旬のレイテ島をめぐる激戦でわずか一〇日たらずのうちに戦力を消耗。再建のため下館にもどりつつあるころだった。

戦力回復の補充要員たる特操出身の少尉たちに、戦隊長としては最若年組の橋本重治大尉は、「特操の諸君は技倆未熟で心配だろうが、働ける場所は必ず見つけてやる」と訓示した。「働ける場所」とはなにか、遠からず明らかになる。

同じ満州でも、二十六教飛がいた錦県から一二〇キロばかり東、大石橋《だいせっきょう》にあった二十四教飛で九七戦主体で戦技を学び、その後は天竜、明野と、藤原少尉と同じコースをへた中川原《なかがわら》金一《かねかず》少尉。藤原少尉とは対照的に、中学のころからの飛行機好き。四式戦を重いとは感じず、速度をふくめ全般に気に入った。引き上げるのに力がいるが、持ち前の腕力で対処できた。確かに腕力は、戦闘機操縦者に必須の一要素なのだ。

着任から一ヵ月近くのあいだ、互いに長機、僚機になってロッテ編隊機動の訓練を進めた。機材はなかなか定数に満たず、搬入が一機、二機という感じの緩慢《かんまん》さ。藤原少尉も単身、汽車で中島飛行機・太田製作所へ受領に出向いたことがあった。中島側の引きわたしが遅れ、下館帰還が夜にずれこんで、戦隊長に叱られた同期生もいた。

昭和11年11月、下館飛行場で飛行第一戦隊の学鷲少尉が訓練を見る。手前中央が中川原金一少尉、右どなりは比島で特攻戦死する加藤昌一少尉、その後ろで藤原一三少尉が右を向く。

ようやく四式戦が充足し、各操縦者に専用機が割り当てられて、フィリピンの戦場へ再参入すべく全力の約四〇機で十二月七日に出発。ともに第十二飛行団の僚隊として同じ下館飛行場を使っていた飛行第十一戦隊も、同日にふたたびの比島《ひとう》へ向かう。

正味三ヵ月半の比島決戦で、部隊ごと二度進出した例はほかにない。再進出を可能にしたのは、一回目の在比期間と戦力回復期間が短かったからだが、操縦者の平均技倆の低下は否めなかった。

経路は宮崎県新田原《にゅうたばる》～沖縄県嘉手納《かでな》（中《なか》飛行場）～台湾・台中～ルソン島ポーラック。翼下に二個付けた慣れない落下タンク計四〇〇キロ余の重さゆえ、懸命に中飛行場を離陸した藤原少尉は、高城錠三中尉に付いて飛んだが、左翼の懸吊部が一ヵ所はずれてしまった。横向きになった落下タンクの空気抵抗で、直進が困難なためUターン。着陸後、他の引き返し機とともに那覇北東の南飛行場へ移動させられた。

操縦に自信あり、の意気を見こまれたのか、中川原少尉は戦隊長僚機を命じられて先頭から二番目を飛び、沖縄から台湾へ向かう十二月九日は、川原欣三中尉の僚機を務めた。

この時期のこの空域には、「台湾坊主」が異名の温帯低気圧がはびこり、分厚な雲が立ちはだかる。決意して雲の下に出た中川原機は、川原機と分離したけれども、台湾をめざして高度五〇メートルの超低空を南下し続けた。だが視界は悪くなるばかり。やむなく宮古島の海軍飛行場に降着した。

やがて第十二飛行団長・川原八郎中佐を乗せた九七式輸送機も着陸。翌十日、中川原機は輸送機に随伴して台中に前進し、一週間待つうちに大部分の機が集まった。クラーク周辺飛行場群の南端に位置する目的地、ポーラック飛行場へ向かったのは十七日。戦隊長僚機に復帰した中川原少尉の四式戦は、エンジン不調、油圧低下をきたしたため引き返し、台湾南部の屏東《へいとう》に降りた。

屏東飛行場の整備力では、複雑なハ四五エンジン（海軍名称は「誉」）を装備する四式戦の完備は困難だった。追及（追いつく）を期す少尉の気持ちとは裏腹に、乗機は復調してくれなかった。

ゲリラが恐い

沖縄の南飛行場にいた藤原少尉も、台湾坊主に行く手を阻まれた。懸吊部を修理後の十二月十二日に台中へ向けて離陸したが、台湾の東岸部一帯が灰白色のスダレを下ろしたような大規模降雨だ。突破口を探し求めたが見当たらず、やむなく石垣島の海軍飛行場に不時着陸。藤原機と前後して、合計六〜七機の一戦隊機が同島に降りている。

十九年春〜秋の比島空輸における四式戦の落伍率は、各種陸軍機中で最高の二〇パーセント。加えて低気圧の影響を被《こうむ》ったこのたびの進出が、難渋したのは当然だった。

石垣島での食と住は海軍が世話してくれた。だが海軍にエンジン始動車はない。出発を急ぐ操縦者たちは機内から転把《てんぱ》（クランクハンドル）を持ち出し、自分で始動を試みるが、素人の悲しさで簡単にはかからない。すぐ発動する零戦を見て、藤原少尉は感嘆した。

降雨がいくらか弱まった十八日、うまく始動できた藤原機は中堅技倆の下士官に追随し、二機編隊で雲下の海面上を這《は》うように飛んで、台中飛行場に無事に降りられた。ポーラック進出は二十一日。戦隊主力が集結を終えてから四日がすぎ、この間に四〜五名の操縦者が戦死していた。

翌二十二日には、燃料補給中に来襲した第348戦闘航空群のP-47D「サンダーボルト」に対し、「回せーっ」と叫んで搭乗し、単機で発進した橋本戦隊長が撃墜されて戦死。目撃した藤原少尉にも、まもなく予想外の危機が訪れる。

十二月二十四日の午前九時ごろ、ポーラックの北西のリンガエン湾上空五〇〇〇〜六〇〇〇メートルを、高城中尉と二機で哨戒中だった。もうフィリピンの航空戦は最末期で、ルソン島の制空権もとうに米軍に奪われた。優勢な敵にいつ襲われるか知れない。少尉は緊張して長機に従っていた。

と、爆音が急に変調し、計器板の下から黒い潤滑油が噴き出した。まもなくプロペラが停止、高度が下がり始める。「不時着しゲリラに殺されるよりは、自爆せよ」の教えは覚えていたが、本能が不時着を選ばせた。降下旋回中に目にとまった牧場跡のような草原に胴体着陸で滑りこみ、速度が落ちたところで左翼を木にぶつけて左へ回された。四式戦が止まると同時に、操縦席に火があふれた。反動で閉じた天蓋《てんがい》（可動風防）を開けて落下傘を引きずりつつ機外へ逃れるまでに、むき出しの顔と両手を焼かれたが、深傷《ふかで》はなかった。火傷《やけど》で瞼《まぶた》が腫《は》れて左目は開かず、右目が少し見えるだけだ。

機体が火炎と黒煙に包まれ、機関砲弾が破裂するのを数百メートル離れてながめるうちに、近在の住民たちが近づいてきた。草むらに潜《ひそ》んでやりすごし、日没を待つ。リンガエンから二〇キロほどの地点だ

ルソン島の飛行場周辺に隠蔽された四式戦。雑木と擬装網のおかげで敵機に見つからず、銃爆撃から逃れているが、発進前の除去、帰還後の再隠蔽に手間どるのは言うまでもない。

ポーラック飛行機での一戦隊操縦者たち。左端、航士57期出身の佐伯直道少尉は特操の少尉たちから「兄貴」と親しまれたが、帰還後に高萩からのB-29邀撃で戦死する。

った。

とにかくゲリラにつながる人間との遭遇が恐い。少なからぬ陸海軍の飛行機乗りが、ゲリラに捕まって殺されたり、米軍に引きわたされていた。

黄昏《たそがれ》どきからずいぶん歩いて、上空から見た川にやっとのことで行き着いた。アミーバ赤痢を防ぐ生水厳禁の鉄則をなかば忘れ、ゴクゴク飲んで、乾ききって痛い喉《のど》をうるおす。クリスマスイブを祝うのか、歌声とギターの伴奏がもれてくる人家を避けて遠まわり。畑のナスをかじり、水田に実った稲穂をしごいて米を噛《か》む。闇夜を川に沿い上流へ歩いて疲れきり、竹藪の中で仮眠した。

明け方、エンジン音が聞こえてきた。耳をすますと、飛行機の試運転の爆音だ。ルソン島にはまだ敵の飛行場はない。「助かった!」。幸運と安堵《あんど》の嬉しさが身体をつらぬき、跳ね起きると、音の方向へ直進した。

距離は一キロほどか、水田も突っきって泥にまみれた姿で入口に到着し、何者かと衛兵を緊張させた。連絡を受けて出てきた週番士官も、藤原少尉の火傷と泥だらけの異様な外見に驚きながら、ただちに医務室に連れていった。

そこは百式司令部偵察機の飛行場だった。三日後の十二月二十八日、不時着時の長機だった高城中尉が、ガス欠で偶然この飛行場に降りてきた。医務室で再会して二人ともびっくり。「貴様が急に見えなくなったので心配したぞ。（操縦者を）一人儲けたと報告しとくよ」と言い残し、飛び去っていった。

遺品のつらさ

藤原少尉がマニラへの連絡トラックに便乗して、ポーラックに帰ったのは昭和二十年一月七日。

彼の不在のあいだに特攻隊員の募集が発表されていた。戦隊長代理として十一戦隊から転属した四至本《ししもと》広之烝《ひろのじょう》氏の回想では、十二月下旬も押し詰まったころという。募集は言葉の上だけで、他の選択肢がないから応じないわけには行かず、実質は強制と同じだった。

ルソン西方海面を北上する敵の大船団は一月六日にリンガエン湾に入り、九日に上陸を開始した。もはやクラーク飛行場群も、さらにはマニラも風前の灯火《ともしび》である。十一日の夜、ポーラックの一戦隊と十一戦隊に翌日の特攻出撃命令が下された。隊名を精華隊と言う。

火傷が癒えずまだ操縦桿を握れない藤原少尉は十二日の朝、宿舎から飛行場に来て待機所《ピスト》の黒板を見た。そこには特攻機と掩護《えんご》・戦果確認機の編組《へんそ》（海軍で言う搭乗割）が書かれ、一次および二次出撃が十一戦隊主体、三次および四次出撃が一戦隊主体とされていた。デング熱に罹患《りかん》し衰弱した同期の小笹慶紹《おざさよしつぐ》少尉とともに藤原少尉は、「今夜、台湾へ後送される。身一つで飛行機に乗れ」と四至本大尉から伝えられていた。特攻に出る同期生と、傷病ゆえに安全圏へ逃れうる自分たち。立場の大差に居たたまれない気持ちで、隠れるように待機所から離れていた。

発進にまだ間がある三次出撃の加藤昌一少尉が、数百メートル離れていた藤原、小笹両少尉を認めてやってきた。加藤少尉は印鑑と階級章を入れた軍帽を差し出して「君らはいずれ移送されるだろう。内地へ帰ることがあれば、これを京都のお袋にわたしてくれ」と頼んだ。彼も不時着時に顔面を負傷し、まだ治っていなかった。

「もし生きて内地にたどりつけたなら、きっとお届けする」。しどろもどろに答えて藤原少尉は受け取ったが、内心の狼狽《ろうばい》は大きかった。

ややたって加藤少尉がまた近寄ってきた。より本人を感じさせる遺品として、軍服と軍刀も頼みたい、と言う。しかしそれは引き受けられない。言葉に窮したが、ついに、自分たちは今夜後送されること、輸送機には余分の荷物を持ちこめないことを打ち明けた。

「そうか、すまんことを頼んだな。じゃあ飛行機に積んでいくよ」と加藤少尉は答えて、四式戦のほうへもどっていった。持ち前の洗練された紳士的な態度は、最後まで変わらなかった。

そのときの彼の表情は藤原少尉の網膜に焼き付いた。そして以後「あの説明をするしかなかった」「むごいことを言ってしまった」という葛藤を抱き続ける。藤原少尉たちに、負うべき責はいささかもないのに。

三次出撃の加藤、太田義晴、浅井四郎各少尉の発進は夕刻。太田少尉は砂塵にやられた片目がひどく充血し、上官から出撃見合わせを促されたが、聞き入れなかった。別離の乾杯を終えると、三名は平然と搭乗し、離陸していった。藤原少尉と小笹少尉は互いに交わす言葉もなく、小さくなる機影を見送った。

四次の発進は翌十三日の午前。鹿児島澄行少尉は一月十日に台湾からポーラックに追及してきた（中川原氏の回想では大晦日に屏東を出発。この間なんらかの理由により他の飛行場で待機したのか）ばかりだ。まじめな好人物。「やっと皆に追いつけた」と喜んだのも束の間の必死行だった。また三浦広司郎少尉は、十二日の一次出撃では掩護機を担当していた。

特攻・精華隊の一員として
突入戦死の鹿児島澄行少尉。

以上の五名および一次と二次の五名、合わせて一〇名の精華隊戦死者のうち七名までが特操一期出身だ。かつて橋本戦隊長が言った「技倆未熟な特操の諸君の働ける場所」とは、特攻にほかならなかった。

四次の出撃以前、藤原、小笹両少尉は指定された十三日午前三時に、後送用輸送機がいるはずの場所へ出向いた。だが、そこには事前に積んだ最小限の手荷物類が放置され、輸送機は十二飛団司令部の職員を乗せて飛び去っていた。「飛行団は逃げたんだ」と二人は直感した。そのとおり、自分たちの身の安全だけを優先した逐電だった。

飛団司令部の面々は台湾に移動後、一戦隊と十一戦隊の特攻出撃のデータをおざなりに報告したに違いない。今日に至るまで一〇名の全員が十二日出撃と記録されているのはそれゆえだろう。

落ちゆく先は

「操縦者はクラークへ移り、もし飛行機があったら乗って台湾へ行け」。四至本戦隊長代理(あるいは次席の幹部か)から通達が出て、翌十四日、一戦隊の操縦者たちは整備隊とともに、北へ向かって歩き出した。クラークまでは直線距離でも二〇キロ近くある。

体力が衰えた小笹少尉にとって、愛用のカメラの重さが負担を増し、出発一～二日後の夜、背後の藪《やぶ》へ「何年か先に戦争に勝ったら取りにくる」と独《ひと》りごちて投げ入れた。彼がポーラックで写した一戦隊の貴重なネガも同時に失われた。

無事に到着したクラーク飛行場には、二式戦闘機「鍾馗《しょうき》」が何機かあった。本土防空戦力から引き抜かれてフィリピン戦に投入された、飛行第二百四十六戦隊が残した機材だろう。

クラークの飛行場大隊の整備兵が「この一機は動く」と保証してくれたが、翼面荷重が大きくて離着陸が難しく、殺人機の異名をとった二式戦は、この機の操縦経験がなければ扱いきれない。ずんぐりした胴体に、申しわけ程度に付いた小さな主翼を見ただけで、藤原少尉も小笹少尉も「こんなものじゃ駄目だ」と搭乗意欲を喪失した。

クラーク飛行場に残されていたこの二式二型戦闘機丙型は無傷のようだ。整備兵が「動く」と言った機か。右遠方は四式戦。

到着当日、来襲したF6Fを高射砲が邀撃《ようげき》。木陰へ避難する藤原少尉の左肩をかすめて、後上方からの黒い物体がすぐ前の木の根元に突き刺さった。それは高射砲の弾片で、拳骨《げんこつ》よりひとまわり大きな平たい形をしていた。瞬時に事態をさとって少尉は驚愕《きょうがく》し、腰が抜けたように座りこんでしまった。

弾片の擦過《さっか》により左肩のシャツは裂けたが、身体はほんのカスリ傷ですんだ。もし右へ一〇センチずれていたら頸《けい》動脈《どうみゃく》を切られて死んでおり、五センチ下だったら肩が砕けてしまっただろう。苛烈な戦場から生還した者の多くは「紙一重」のきわどい運をひろっており、この場合もその一典型と言えよう。

クラークに使える飛行機がなく、「北部ルソンへ移動せよ」の命令に従って北上を始める。初日の何時間かは便乗できた整備隊のトラックが故障し、荷台から下車。つぎに水牛付きの荷車を手に入れて荷物だけ載せたが、やがて牛が水の中に入って動かなくなった。残る手段は、荷物を持って歩くだけ。

三〇人をこえる集団なので昼間はいいとして、夜ゲリラに襲われる危険は多分にある。携えた軍刀は武器というより飾りに近い。拳銃しかなくては勝ち目がないから、暗くなったら雑木林に隠れて夜明けを待った。ゲリラの連絡用か、曳光弾の青白い光が打ち上げられた夜には、急いで場所を移した。

現地民との物々交換で集める食糧も種類が減って、出してくれるのはピーナッツだけ。ほかには野草を、塩ならぬ砂糖で煮て無理に食べる。塩はなかなか手に入らなかった。

下痢腹に耐えて、クラークから目的地ツゲガラオにたどり着いたのは二月十日ごろ。ポーラックを出て四週間近くがすぎていた。直線距離でも二九〇キロ、実距離を少なくとも一・五倍と見積もって、疲弊した身体で毎日一五～一六キロも歩かねばならなかった。この間、加藤少尉から預かった遺品だけは失わぬようにと、藤原少尉は荷物の中をいくたび確認し直したことだろう。

ツゲガラオの民家に分宿して、台湾からの迎えの機を待つのである。だがフィリピン決戦が米軍の圧勝に終わって一ヵ月以上がすぎた今、台湾～ルソン島間の飛行は夜であろうと敵戦闘機に落とされる可能性が大きく、輸送機の到着自体が僥倖《ぎようこう》だった。

ところが、一機が十二日の夜に飛来するとの連絡が届いた。陸軍で最多の人数を乗せうる百式輸送機でも、正規なら一五名、過荷状態でも二〇名強が限度。ほかの機種だともっと少ない。他部隊の待機者もいたから、人選がなされ、通例どおり希少度の高い空中勤務者が主体を占めた。

励まし合って行動してきた特操の二人のうち、十二日の夜になって連絡に来た将校から救出機搭乗を指名され、連れて行かれたのは小笹少尉だけだ。デング熱で弱っていて、優先順位が上がったのだろう。同じ民家にいた藤原少尉にはなんの話もなかった。

敗走の戦地に残される辛さ。なぜ自分だけが、という理不尽さへの憤り。もう帰れないのではの思いがつのり、不安に苛《さいな》まれた。

勝手な便乗が命令違反なのは承知のうえで、小笹少尉にすがりついてでも、あるいはこっそり忍びこんででも輸送機に入り、なんとかして台湾の地を踏みたい。藤原少尉は自分が、流罪《るざい》の赦免船《しやめんせん》に乗せてもらえず、ひとり鬼界島《きかいがしま》に残されて悶え苦しむ「平家物語」の俊寛僧都《そうず》と、同じ心境であるのを痛感した。

くやし涙で一睡もできなかったが、〝俊寛〟にはならずにすんだ。翌々日の十四日にまた双発機が夜間着陸したのだ。さいわい、米陸軍の夜間戦闘機P－61「ブラックウィドウ」に見つからずにバシー海峡を飛びきって、彼を含む空勤を十五日の早朝に、爆撃で穴だらけの嘉義《かぎ》東飛行場に降ろし、半袖シャツには肌寒い台湾の風を味わわせてくれた。
真の〝俊寛〟は整備兵たち地上勤務者だった。

戦いは突然に終わった

屏東に残留していた中川原少尉は、乗機の試験飛行をかさね、まあまあの可動状態にこぎつけた一月四日ごろ、ポーラックへ飛ぼうと離陸したが、潤滑油が噴出して風防にへばり付き、前方視界を奪われた。あわてず、ななめ前方を左右交互に見ながら引き返し、大事なく降着。もし順調に飛べて目的地に到着していたら、特攻・精華隊に組みこまれて、爆装突入をめざす可能性が多分にあったはずだ。

その後は機が復調せず、再出動を果たせないでいるうちに、「フィリピンはもう駄目だ」との噂がたち、第四航空軍や飛行師団の参謀、司令部職員が引き揚げてきて、はっきり進出不能を知った。

さらに一ヵ月たってツゲガラオからの一戦隊の操縦者たちを迎えた中川原少尉は、輸送機が二〇～三〇人を運んできたほかに、四式戦が胴体内に一人入れて帰り着いたのを目にしている。藤原少尉が嘉義に降り立ったのもこのころで、まもなく汽車で屏東に到着した。

死地を脱して心からの喜びを味わった藤原少尉だったが、まだ難題が残っていた。内地までの海路である。制空権も制海権も全面的に米軍ににぎられ、撃沈されるのが当然の状況だったからだ。

台湾北部の基隆《キールン》を二月二十七日に出港した輸送船の、護衛はゼロ。潜水艦が近寄りにくいように、大陸の沿岸をのろのろ航行し、山東半島南岸を東進、朝鮮半島の西岸に沿って南下した。中川原少尉は運を天に任せる気持ちで乗船し、対潜見張りに駆り出された藤原少尉と小笹少尉は、荒れる海面を見て「(船が)やられたらお陀仏《だぶつ》だな」と語り合った。

奇跡的に潜水艦に沈められず一〇日間の航行を終え、三月九日に門司に入港できた。大切に持ち帰った加藤少尉の遺品は、同県人の小笹少尉の手で生家へ届けられた。

フィリピン帰りの一戦隊操縦者たちは、三月なかばには下館に集合。四月末に埼玉県高萩飛行場へ移り、機材の充足をはかったが定数まではそろわなかった。本土決戦への温存策で積極的な戦闘行動をとらず、散発的にB－29を邀撃した程度で、待機姿勢のまま八月十五日を迎えた。

隊員たちは前日に、天皇じきじきの重大放送がある旨を伝えられており、正午近くに飛行場の一隅に整列した。ほとんどの者は、本土決戦をひかえての戦意鼓舞の言葉がひびくだろうと思っていた。

そのとき戦隊長だったか、それとも副官かが「玉音放送を速記せよ」と藤原少尉に命じた。意外な指令に「そういうことはできません」と答えたが、速記術の心得のある下士官操縦者

高萩飛行場での藤原少尉と四式戦。
週番士官肩章をななめに掛けている。

を付けてくれ、二人で地下壕の無線室へ出向いた。

やがて正午。かん高い天皇の声が比較的明瞭に流れ出す。詔勅の言葉は難解で、藤原少尉の鉛筆は一〇語ほどで追いつけなくなった。聴取と筆記を続ける下士官は「堪え難きを堪え忍び難きを忍び」のところまでくると「おかしいな……これは駄目ですぜ」と言った。藤原少尉も同じように感じた。

予想をまったく裏切る詔勅に、激しい感情が噴き出し、地上に出ると四式戦に駆け寄って泣いた。

「なにゆえの戦争だったのか。特攻出撃した戦友にどう詫びればいいのか」

ぶつけるあてのない悲痛な思い。的確な答えは誰からも示されなかった。

敗戦の日の一学鷲への確答は用意されないまま、それから七〇年余がすぎてしまうのだ。

空と海で特攻二回
――はがくれ隊長と振武隊長を務めて

関東を襲うB－29の大群に向かって、第十飛行師団の隷下《れいか》・指揮下の陸軍戦闘機部隊は実によく奮戦した。彼我の機材の性能差を考慮に入れれば、空中勤務者、地上勤務著たちの努力は限界に近いところにまで達したと言い得よう。

本土防空三個飛行師団のうち、担当域に首都圏をふくむ十飛師の戦力は、最も充実しており戦果も多かったが、なかでも「近衛戦闘機隊」「つばくろ部隊」などの異名をもつ、飛行第二百四十四戦隊の活躍はきわだっていた。昭和十九年（一九四四年）十一月末に着任した年若い戦隊長・小林照彦大尉に率いられる二百四十四戦隊の三式戦闘機「飛燕」は、半年間に二〇回もの対B－29体当たりを果たしたのだった。その先陣を切ったのが四宮《しのみや》徹中尉である。

四宮中尉の遺族のもとに、中尉の日記が残されている。達筆でつづられたその内容は、彼の人となりを如実に示す。青年将校としての心がまえ、部下の統率、空戦技術向上への腐心《ふしん》、それに国家への報恩の気持ちが、くり返し書きこまれ、これほどまでに自身を律する必要があったのかと思われるほどである。

航空士官学校の第五十六期を卒業、明野飛行学校で実用機教育の乙種学生を終えた彼が、配属された二百四十四戦隊は、東京都下の調布飛行場を基地とする防空専任部隊。ラバウルに進出しニューギニアで苦闘した飛行第六十八戦隊と七十八戦隊につぐ、三番目の三式戦装備部隊であり、内地の部隊としては、この新鋭機の導入が最も早い。帝都すなわち東京防空は、それだけ重要な任務だったからだ。

B-29にぶつかれ！

サイパン島に展開する米第20航空軍が、写真撮影のためにB-29の偵察機型のF-13Aを、初めて関東上空に送ったのは昭和十九年十一月一日。続いて五日、七日と、高高度偵察に侵入した。関東防空の主担当者である十飛師は、面目にかけて撃墜をはかったが、高度一万メートルへの上昇は日本軍戦闘機の性能限度に近く、平然と飛び去っていくF-13の捕捉はかなわなかった。

通常の戦法では邀撃《ようげき》不可能と判断した師団長〔心得《こころえ》〕・吉田喜八郎少将は、特殊戦法の採用に踏みきった。武装や防弾装備をはずした軽量機で高高度へ上昇、体当たりでB-29を撃墜する、空対空特攻隊がそれである。十一月七日、隷下の各部隊に四機ずつの特攻隊編成が命じられた。

二百四十四戦隊ももちろん例外ではない。特攻隊長に選ばれたのが第一中隊付の四宮中尉だった。吉田竹雄曹長、板垣政雄伍長、阿部正伍長の三名を隊員とする特攻隊は、はがくれ（葉隠）隊と自称し、操縦席背部の防弾鋼板と両翼のマウザー二〇ミリ機関砲を降ろした、軽量の三式戦で、高度一万メートルへの上昇と体当たりの訓練に没頭し始める。

特攻隊長と隊員は志願者をつのり、そのなかから選ばれた。選出者は戦隊長・藤田隆少佐で、各中隊長が参考意見を述べ、推薦したようだ。選出が無作為になされたとは考えがたい。士官学校を出た現役将校を隊長に据《す》え、隊員の出身をそれぞれ、下士官操縦学生（地上兵科から操縦者をめざす）、少年飛行兵（海軍の乙種予科練に類似）、乙種予備生徒（いわゆる予備下士。逓信《ていしん》省乗員養成所の卒業者）と異ならせているからだ。選にもれた、あるいは選を免れた操縦者たちを、いろいろな意味で納得させるための処置だったとみていいだろう。

一時中断されていた中尉の日記は、特攻隊編成ののち再びつづられていく。再開初日の十一月十二日の記述（部分）は、つぎのとおり。

はがくれ隊　編成ナリテ五日

死ニ面シテ何等《ナンラ》心サワガズ

君国ノタメニ逝《ユ》ク日ヲ楽シムニ至リタル予《ヨ》ガ心境
之《コ》レ二十有三年間ノ修養ノ成果ナリ

自身を落ち着かせ、いましめる言葉が続いているのは以前と変わらないが、「必勝」の念がひときわ研《と》ぎすまされ、一刻も早い決戦をひたすら待ち受けているかのようだ。

四宮中尉がこの日記を、後日、他人が見ることを予想して書いたとは思われない。反省と備忘、それに決意を新たにするためだけに認《したた》めたのであろう。

日記は厳しい言葉の連続だが、第三者が彼に抱いたイメージは「温厚ながら行動に邁進《まいしん》する武人肌の青年将校」という、非の打ちどころのない形容だった。人物の評価は受け手の性格や立場によって、さまざまに分かれるケースが多いのに、彼に対しては、かつての操縦者たる空中勤務者、整備などの地上勤務者のどちらからも、また階級の上下を問わず、不評の声を聞いた覚えがない。

空対空特攻に選ばれたその日から、死を受け入れる鉄の神経が、中尉に備わっていたのではなかった。数日間を考え抜いて、生への執着をねじ伏せたのち、第一中隊長の小松豊久大尉に報告した。「隊長どの、もう大丈夫です。これで死ねます」

はがくれ隊が待ち受けるB－29の大群は十一月二十四日、関東上空に侵入した。

当直戦隊に続いて全機出動に移った十飛師隷下の各部隊は、伊豆半島から東京上空にかけ

上下の信頼が厚い武人肌の四宮徹中尉が三式一型戦闘機の操縦席に立つ。飛行第二百四十四戦隊・第一中隊付。

て高度一万メートル前後で待機。伊豆半島を翼下に北上し、富士山上空で変針ののち東へ向かうB－29の、捕捉に努めた。

だが、時速二二〇キロ（秒速六〇メートル）ものジェット気流にはばまれ、風向きに正対すれば機はほとんど進まない。高速気流に乗って異常に速い超重爆に、接近するだけでも容易ではなく、茨城県上空で二度体当たりを試みた四宮中尉をはじめ、はがくれ隊は戦果を得られなかった。

午後一時前、水戸上空で右旋回し、洋上への離脱をはかるB－29七機編隊（第497爆撃航空群）に、中尉は左旋回して最前方の機に対進（反航）での体当たりを試みた。眼前に迫る敵影に思わず目を閉じたが、コースがややそれて当たれなかった。

プロペラ後流にもまれて二～三旋転する三式戦を立てなおし、同じ七機編隊に銚子沖五〇キロの洋上で追い着いた。ほかに味方機一機が目に入った。その一機（四十七戦隊・見田《みた》義雄伍長の二式戦闘機。「東京上空に散華す」参照）が尾部に特攻攻撃を加えたため、両機ともに墜落。B－29が海中に突入するまでを、中尉は見届けた。

B－29の巨体ですら激しくゆさぶられ、爆撃照準器の照準可能速度を大幅にこえて精密爆撃がかなわないジェット気流の中で、機動がままならない三式戦を、自機より高速の敵機にぶち当てる困難さは、地上の人間の想像を絶する。しかし中尉はいっそうの闘志をかきたて、「今後更ニ奮闘　必ズ成功セン」と日記の末尾に大書した。

二重の身分で激突、生還

敵機は十一月二十七日の昼間、二十九日から三十日の夜間にも来襲したが、二度とも雲が厚く張りつめ、有効な邀撃《ようげき》はできなかった。十飛師の二度目の全力出動は十二月三日である。この間に、二百四十四戦隊と四宮中尉にとって二つの変化があった。

一つは、前戦隊長の藤田少佐より一まわり以上も若い新戦隊長・小林大尉の着任だ。戦隊長率先垂範を旨《むね》とする大尉は、はがくれ隊の体当たり戦法を聞くや、ただちに賛同。戦隊長機の尾翼を特攻機と同じに赤く塗らせ、通常攻撃の三式戦に対しても武装の軽減、防弾装甲の除去を命じて高高度戦闘に備えさせた。三式戦に乗らず、地上指揮に専念して出撃しない前任者とは、まさに対照的である。また、中隊長も三名ともが、大尉に進級したばかりの航士／陸士五十五期出身者に入れ替わった。

「新戦隊長以下若者ノミノ戦隊トナル以上　真ニ元気撥剌《ハツラツ》タル部隊タラシムベク一意精進セン」と四宮中尉が記したように、部隊の意気は大いに上がった。

もう一つは、四宮中尉自身が対艦特攻の振武隊の隊長に任じられたことである。十飛師が手配した振武隊員の募集に応じたもので、彼の日記から十二月一日に内示があったようだ。二百四十四戦隊から選ばれた操縦者は中尉以下三名。はがくれ隊の隊員では阿部伍長が、その中に含まれていた。

空対空特攻の場合と同じく、振武隊員も隷下の各戦隊に数名ずつの割り当てがあった。すなわち、師団長命令による半強制なので、戦隊長以下の幹部は割り当ての人数分を指名しなければならない。上下関係の付き合いが長いほど、この種の指名はやりにくいのが人情だが、ちょうど戦隊長と中隊長の交代時期に当たったため、選出する側の精神的苦痛は比較的少なくてすんだはずだ。

問題は四宮中尉と阿部伍長が、振武隊員の募集にどんなかたちで応じ、選ばれたかにある。幹部だった一人の回想に「四宮中尉は志願した」との証言がある。中尉がこの時点で一般の中隊員だったなら、その性格から当然とも思われ、「志願」に疑問はわいてこない。

だが、四宮中尉はすでに空対空特攻隊の隊長で、実際に出撃し、B－29への体当たりまで試行しているのだ。「B－29は十一月いっぱいで本土に来襲しなくなり、残る相手は敵艦船だけ」というのであれば話は別だが、空襲の激化は誰の目にも明らかだった。こんな状況下で、空対空から空対艦への特攻種目の変更を、積極的に願い出るとはきわめて考えにくい。相手がより大物の艦船のほうがやりがいがある、などと理由づけるのは小説的発想だ。防空専任の二百四十四戦隊だけが実戦部隊のキャリアである中尉にとって、B－29体当たりをめざして突き進むのが自然ではないか。

新戦隊長・小林大尉の着任は、振武隊長内示の前々日である。中堅の将校操縦者を出さねばならない、と知った戦隊長が、中隊長クラスから四宮中尉の人となりを聞かされ、本人に意向をたずねた――という推測のほうが無理がなかろう。小林戦隊長には中尉に対する先入観はまったくない。また自身が、体当たりも辞さない闘志のかたまり（実際に体当たりを敢行する。防空部隊の戦隊長として唯一の例）だから、特攻精神は対B－29も対艦船も同じとの姿勢で語りかけ、中尉が応諾したものと想定できよう。

こうした打診を、「命令」ではないからと断わるケースは、まずありえない。自分の気持ちがどうだろうと、四宮中尉は受けるのが必然の立場にあった。

「今回〇〇飛行隊長トシテ転出ノ内示アリ」と一日の日記にある。「全力ヲ挙ゲテ驀進《バクシン》アルノミ」「男子ノ本懐 之ニ過グルモノアランヤ」と心を鼓舞する文章が続く。「〇〇」は「振武」ではないか。

対B－29体当たりは、運がよければ落下傘降下などで生還の可能性が残されている。これに比べ、爆装のまま突入する対艦特攻は、激突すれば人機もろとも砕け散る必死攻撃である。その振武隊の隊長となった以上、アクシデントがないかぎり戦死はまぬがれないから、転属までのあいだ戦隊内での特別待遇が与えられても、どこからも文句は出ないはずだ。また、たとえ内示でも振武隊員なら、もう空対空特攻に出る必要はなさそうに思われる。

しかし、なぜか特別な処置は講じられず、また四宮中尉の日記にもそうした気配が見当らない。二重の特攻任務は眼中にないかのごとく、文面はむしろ必中必殺の念をいっそう強めていく。十二月二日も空襲の気配を示す情報が入って、空対空特攻の出撃待機を続けた。

12月３日、四宮機が激突後サイパン島イスリイ飛行場に帰った、第498爆撃航空群・第875爆撃飛行隊のドナルド・J・ダフォード大尉機の破損第３エンジン。空転を防ぐため、プロペラはフルフェザリング状態にされている。

驚異的な敢闘精神と言えるだろう。

十二月三日、サイパン島イスリイ飛行場を離陸したＢ－29八六機は、中島飛行機・武蔵製作所を三度目の目標に北上。駿河湾から侵入して六〇機が東へ変針、三鷹方面へ向かった。八機に増加していた二百四十四戦隊はがくれ隊は、高度一万メートルから攻撃を開始し、めざましい活躍を見せた。

四宮中尉は、敵七機編隊への同高度からの体当たりを二度失敗したのち、東京上空で五〇〇メートル下方の五機編隊（第498爆撃飛行隊）に向けて降下、肉薄。すさまじい敵の防御火網をくぐって、直前方から外側のＢ－29

12月３日の空戦後、調布飛行場に帰還した、はがくれ隊の四宮中尉と板垣政雄伍長。左翼の外翼を激突により失った左の三式戦一型乙は四宮中尉の固有機。特攻隊の日印に尾翼を赤く塗り、胴体の赤いイナズマが見える。

へまっしぐらに突進し、ぶつかる直前で機を右に傾けて激突した。右翼内側の第三エンジンに当たられた敵機は、白煙を噴き出したが、残る三発でイスリイ飛行場に帰着した。

四宮機の体当たりは調布飛行場から望見された。まっすぐB－29に迫り、直前で翼をきらめかせて半横転、十文字の形をなしてぶつかった一瞬、部隊の面々は息を呑んだ。

左翼のピトー管の位置から先、約一・七メートルを失った四宮機は、いったん錐《きり》もみに入ったのち回復し、たくみな操縦で調布飛行場にもどることができた。傷ついた四宮機に駆けよった整備兵たちを驚かせたのは、体当たり時にもげた左翼端の切断部と、もう一ヵ所、左翼の翼根部だった。激突の衝撃で、翼付け根のフィレットに打ってあったリベットがゆるんで抜け落ち、わずかに二～三本が残っているに過ぎなかったからだ。

「やつはまだ飛び続けていて、残念です。帰れたのは神助《しんじょ》でした」。第一中隊付から第二中隊長に昇格した竹田五郎大尉の問いかけに、中尉は淡々と答えた。その心中は、日記の「ザマー見ヤガレB29ノ馬鹿者」「快ナル哉《カナ》」に表われていよう。

はがくれ隊の体当たり成功は、四宮中尉だけではなかった。板垣伍長はジェット気流に印旛沼上空まで流されながら、一二機編隊の最後尾機に命中。操縦席から放り出されて落下傘降下で生還した。また、一時は未帰還かと思われた中野松美伍長も、B－29の直下にもぐりこみ、プロペラで敵の水平尾翼をかじり取ったのち、振動の激しい三式戦を茨城県稲敷《いなしき》郡の水田に不時着させていた。

自分の身よりも部下の安否を気づかう二十二歳の四宮中尉は、両伍長の体当たり生還が判明した翌十二月四日の日記に、「喜ビ限リ無シ」としたためた。

はがくれ隊の体当たりを含め、三日の二百四十四戦隊の合計戦果は撃墜六機、撃破二機を数え、体当たり機の生還が新聞にはなばなしく報道されて、帝都防空・小林戦闘隊の名はたちまち全国に広まった。

沖縄決戦に消ゆ

四宮中尉の体当たりから二日後の十二月五日、十飛師の空対空特攻隊は震天《しんてん》隊（俗に震天制空隊とも呼ばれた）の総称が付いて、二百四十四戦隊のそれは第五震天隊と定められた。

しかしこの日、かねて応募の対艦特攻・振武隊の編成完結が下命され、四宮中尉以下の編成要員はあわただしく送別式をすますと、笑顔で握手をかわして一式双発高等練習機に乗り、神奈川県の相模《さがみ》飛行場へ向かった。はがくれ隊の後任隊長は、航士で一期後輩の高山正一少尉だった。

皮肉にも五日の新聞のトップを、体当たりの愛機を背に、四宮中尉が板垣伍長と立つ写真が飾った。神奈川県厚木基地に展開する海軍最強の防空戦闘機部隊・第三〇二航空隊で、局地戦闘機「雷電」に乗って戦っていた寺村純郎《すみお》大尉は、新聞を手に取ってびっくりした。熊本の済々黌《せいせいこう》でクラスメイトだった四宮中尉の姿を見たからだ。

「身体が大きく、温厚で口数は少なかった」が寺村大尉の四宮評である。「雷電」による正攻法でB－29に立ち向かっていた大尉にとって、中尉の体当たりは驚嘆に価した。そのうえ、さらに別種の特攻をめざすと知ったら、そのときの寺村大尉の感想はどのようなものであったか。

この五日のうちに相模飛行場で、空地両勤務者が集まって編成を完結した対艦特攻隊は、翌六日に第二振武隊と命名され、四宮中尉が隊長に任命された。隊の六名はいったん中尉の古巣の調布飛行場にもどったのち、十二月十日に茨城県の常陸《ひたち》教導飛行師団の水戸東飛行場に移動。ここで本格的な対艦特攻訓練を開始する。

第二振武隊の目標は、フィリピン決戦参加にあったと思われる。だが十二月上旬の時点で、

上：第二振武隊(仮称)員は３〜４日を調布飛行場ですごし、12月10日に水戸東飛行場へ向かう。出発にさいし、隊長・四宮中尉(左端)が二百四十四戦隊長・小林照彦大尉(右手前)に敬礼する。左後方の三式戦は震天隊の遠藤長三軍曹機。下：250キロ爆弾の外殻を両脇に置いて、第二振武隊の６名が記念写真を撮った。前列左から平野俊雪少尉、四宮中尉、角谷隆正少尉。後列左から向島幸一軍曹、井上忠彦少尉、松原武曹長。場所は不詳。

20年３月10日、調布飛行場から対艦特攻に向かう第十九振武隊の一式戦三型。ここを二百四十四戦隊と共用する独立飛行第十七中隊員たちが見送る。

フィリピンの戦況は回復しがたい状態にまで悪化しており、かりに一ヵ月の訓練を終えて進出したところで、もはや有効な作戦などできるはずはない。

このため、十二月下旬に新編の第六航空軍（本土および周辺を担当）の隷下《れいか》に編入されたのち、昭和二十年の一月にかけて目標を次期作戦（つまり沖縄決戦）に変え、二月二日には隊名も第十九振武隊へと改称されて、九名により編成を完結した。この改編の担当は常陸《ひたち》教導飛行師団である。

一式戦闘機「隼」三型一二機で編成の第十九振武隊は、常陸飛行場で訓練をかさね、機動部隊攻撃用の虎の子部隊・第三十戦闘飛行集団に編入されて、三月中旬ふたたび調布へ移動した。隊長・四宮中尉のかつての所属部隊・二百四十四戦隊も、敵艦上機との交戦による消耗を懸念した防衛総司令部の命令で、二月十七日に十飛師隷下から抜かれ、同じ第三十戦闘飛行集団に編入されていた。

防府飛行場で南九州進出を待つ十九振武隊９名と機付長たち。前列左から２人目、四宮中尉がレンゲの花を前に座る。戦死２日前の４月27日に撮影。

Ｂ－29の低空夜間爆撃で東京の下町が焼け野原になった三月十日、第十九振武隊は僚隊の第十八振武隊とともに、合計二四機の全力で、二百四十四戦隊の三式戦と四十七戦隊の四式戦「疾風」に掩護《えんご》されて、機動部隊攻撃に向かった。これが十九振武隊の初出撃だが、残念ながら敵を発見できないまま調布に帰還した。

さらなる突入訓練を続けているうちに、三月二十六日に米軍は慶良間《けらま》列島に上陸。沖縄を決戦場とする天一号作戦が発動され、本土の陸海軍航空部隊はこぞって南九州への進出を開始する。山口県防府で待機ののち、四月二十八日に十九振武隊が進出した飛行場は、薩摩《さつま》半島の知覧《ちらん》。

四宮中尉は前年十二月十七日で日記の記述を中止しているため、心中の動向をうかがえないが、四月一日以降つぎつぎに出撃する特攻隊の状況を見聞きしつつ、必中の覚悟を固めていただろう。

第五次航空総攻撃の二日目、知覧に進出した翌日の四月二十九日が、待機を続けた十九振武隊の出撃日である。

途中で待ち受けるウンカのような敵戦闘機群を少しでも避けるため、前日まで特攻機は薄暮および黎明《れいめい》に発進していた。しかし、その程度の時間帯では、グラマンF6Fの大編隊を避けられない。そこで十九振武隊と、同時出動の十八振武隊の離陸は、午後十一時と決められた。他の振武隊に比べ訓練期間が長い両隊は、沖縄までの夜間洋上航法をこなせるだけの技倆をもつ、と判断されたためだ。

四宮中尉、角谷隆正少尉、井上忠彦少尉、平野俊雪少尉、小林龍曹長の乗る一式戦五機は、両翼下に重い爆弾を下げて知覧飛行場を発進し、ふたたび還らなかった。五日後の五月四日には、林格少尉、島袋秀敏曹長、松原武曹長、向島幸一軍曹、阿部正軍曹（喜界島不時着）の五機があとを追った。

純忠一筋、上下からの信頼あつかった四宮中尉は、六百数十キロを翔破《しょうは》して敵艦船の群れに突入した。対B‐29体当たりを果たしたのち対艦特攻に散った、唯一の人物だった。彼が一命を投げうって守ろうとしたのは何であったのだろうか。

特攻を命じた者

以上の記事は、教導飛行師団の回想録に掲載する目的で書いた短篇がベースである。そのときの内容は、依頼者、関係者に迷惑や不興を感じさせないよう、四宮中尉の驚くべき敢闘だけを書きつづった。しかし、今回の改訂作業で多少ながら感情を加えた延長に、かねて思っていた私観を述べてみたい。

四宮中尉をB-29にぶつからせるコースを設定したのは、第十飛行師団長（心得《こころえ》）の吉田喜八郎少将である（親補職の師団長には中将が補任される。少将だから「心得」、つまり見習といわけだ）。発案は取り巻きの参謀だったかも知れないが、B-29への体当たり戦法を決定し、命令によって実行させたのは吉田少将であり、彼が震天隊各隊に関する存在や行動の責任者と言っていい。

隷下の戦隊長や中隊長は彼の命令に従っただけ、とまでは言いきれないケースもあろうけれども、最終責任を負う立場にはない。「戦闘隊のトップは空中指揮が本来」の不文律を順守して、生命を的の邀撃戦に率先突入の戦隊長なら、選出指名を担当するのはやむを得ないと考えられる。まして、毎回の空戦参加が原則の中隊長はなおさらだろう。

吉田少将の命令によって空対空特攻隊は正規の組織になり、過酷きわまる戦法で一〇名以上の若い操縦者が関東の空に散華した（震天隊以外の自発的な体当たり戦死を含まない）。人数が少ないのは、特攻隊の規模が小さいのと、自機より高性能のB-29にぶつかるのが困難なためだ。

昭和十九年十二月三十日の吉田少将の日記には、こう書かれている。「（敵に痛撃を与えられないのは）師団長として責任を痛感すると共に、之《これ》が報復は一死必殺の外《ほか》なきを肝銘す」。また大晦日《おおみそか》には「（敵撃滅のために）努力精進を重ね、物的不備は精神力の充実に依《よ》りて之を補ひ」と記した。

文章は勇ましくとも、「一死必殺」を実行するのも、物的不備を精神力で補うのも、吉田少将自身ではない。息子ほどの年齢の、洋々たる未来の広がる若者たちなのだ。

戦争だから勝つために非常手段も辞さない、とする覚悟は認めねばならないだろう。志願を絶対条件にした（事実はそうでない例が少なからずあった）体当たり専門の隊の編成を、平和な時代の一方的なヒューマニズムだけを振りかざして糾弾すればいい、というものではない。非常手段をとっても、ついに勝利に結びつかなかった。これとても、非難の材料にするわけにはいかない。

だがしかし、万事が終わったあかつきに、決死戦法を命じ操縦者を殺した責任をとるのは当然だろう。命を惜しめぬ戦争中だった、これしか手段がなかった、などの言い逃れはかなわない。高級指揮官、高級将校がみずからは武器を取らず、部下を戦わせても文句を言われないのは、彼らにしかできない任務を持っているからで、その主要な一つが責任を負うことである。みずから案出し、実行に移した空対空特攻の責任を、吉田少将はどんなかたちで果たして見せたのか。

体当たりに散った若者たちは、恋愛、勉学、スポーツ、親孝行、旅行、お洒落、美食……

さまざまな人生の楽しみをし残して、この世と別れた。とにかく、もっともっと生きたかったに違いない。出撃時には「死ぬことで国を救う」と真剣に考え、「どうせ皆死ぬのだから」とあきらめていても、日本があのように負け、今日の状況に至ったのを知ったなら、「命を返せ」と思っても当然だ。彼らは間違いなく英霊だが、戦死の直前まで人間だったのだから。

吉田少将は中将に進級して大陸で敗戦を迎え、年老いて逝《い》った。戦後の楽しみを、どの程度かは知らないが、味わったに違いない。自分が確実な死へ追いやった体当たり戦死者たちに、背負えるかぎりの責を負っていたとは、どうしても考えがたい。

応分の責を果たしたとは思われない陸軍航空の高級指揮官は、吉田少将ばかりではない。フィリピンにおいて、大げさなジェスチャーで特攻隊員を送り出し、結局は台湾へ逃げた第四航空軍司令官・冨永恭次中将。九州から数多《あまた》の若者に爆弾を抱かせ、必死の飛行にかり立てた第六航空軍司令官・菅原道大中将。

二人とも「あとに続く」と連呼しながら、「続く」のを自発的にやめてしまった。戦後は、特攻隊員の鎮魂を口にすれば責務の遂行になる、と判断していたのだろうか。

そのほか、特攻の発案に深くかかわって、投入を促進した陸軍、海軍の高級将校たちは、適当な理由をよりどころに生を享受し、真に生きる価値のある人たちが死へのレールを走らされた。

このさき、積極的な開戦を招く事態だけは断じて避けないと、若人が一部の人間の勝手な論理を押しつけられて、悲劇の再現に身を投じるような事態が発生しかねない。

東京上空に散華《さんげ》す

――震天隊・幸軍曹機の一撃

超重爆必墜対策

彼我の戦力差が拡大し、濃くなるばかりの敗色を、塗り替える正攻法が思い浮かばなくなったとき、日本軍の作戦指導者たちの意識は、航空必死攻撃へと傾いた。大型爆弾を積んだ飛行機を、搭乗者もろとも敵艦船に突入させる体当たりだ。

パイロットを飛行爆弾の誘導装置に変えてしまう非道戦法の採用を、陸軍は海軍よりも一歩先んじて進めた。昭和十九年（一九四四年）二～三月に方針を固め、四月には航空本部最上層の判断でほぼ確定したようだ。七月、航空技術研究所から「棄身《すてみ》戦法」の対艦攻撃時の有効性が発表され、航本部長・後宮《うしろく》淳大将名で、九九式双軽爆撃機を体当たり機へ改修する決裁を得た。

体当たりの対象は艦船のほかに、もう一つあった。中国奥地の四川省成都を前進基地に、

僚機のコクピットから見た第468爆撃航空群のB-29。満州・鞍山の昭和製鋼所を爆撃ののち成都飛行場群への帰還途中。

六月以降、九州北部や満州の軍需工場を空襲していた超重爆撃機・ボーイングＢ－29だ。

排気タービン過給機を用い高高度を平然と飛ぶＢ－29との交戦が、きわめて困難なことを、邀撃《ようげき》した陸海軍戦闘機の部隊がくり返し報告する。満州・鞍山の防空戦で、第十五飛行団の二式戦闘機「鍾馗《しょうき》」の操縦者は「一撃が限度。追撃不可能」と伝えた。

高度八〇〇〇メートル以上は日本の戦闘機にとって、性能限界の空だった。空気が希薄でやっと飛んでいるにすぎず、旋回もままならない。投弾後は戦闘機よりも速くなる敵機を、捕捉するだけでも大変だ。運よく射程内に占位し攻撃しても、充分な耐弾装備に阻まれ、強力な防御火器の返り討ちに遭《あ》いかねない。

米軍が七月上旬に奪取したサイパン島は、Ｂ－29の基地化が進んだ。九月下旬、海軍偵察第一一《じゅういち》飛行隊の「彩雲」が持ち帰った同島の写真には、滑走路が識別され、超重爆の出動はまもなくと判断された。

日本にはいまだ高高度戦闘機がない。また、距離をおいて一撃で難攻の大型機を落とせるような、高初速の大口径機関砲もない。それでも必墜を期そうとするなら、軽量化した戦闘機で体当たりを仕掛けるのが有効ではなかろうか。対艦特攻が実現に向かいつつあるとき、本土防空の主力たる陸軍航空の、運用首脳部にこの考えが生じるのは、むしろ当然のなりゆきと言えた。

陸軍航空部隊の隊員たちに、初めて対B－29体当たり攻撃法の波が打ち寄せたのは、十九年十月なかば。おそらく十五日だろう。関東防空を担当する第十飛行師団の、隷下《れいか》各部隊の空中勤務者（海軍で言う搭乗員）全員は、それぞれ広い場所に集合を命じられた。

東京郊外の成増《なります》飛行場（現在の練馬区）に展開する飛行第四十七戦隊。「空中勤務者全員は戦隊本部の将校食堂に集まれ」の声が拡声器から流れた。四十七戦隊の装備機は単座の二式戦だから、空中勤務者とはすなわち操縦者のことだ。

第十飛行師団長から命令が来た、と戦隊幹部は前置きし、集《つど》った操縦著たちに述べた。

「敵機の帝都空襲はまぢかに迫っている。師団は初度空襲において体当たり攻撃を行ない、大打撃を与えて敵の戦意を破砕し、喪失せしめんとする考えである」

そして「特別攻撃隊を熱望するか、希望するか、希望せずか、いずれかを机上の紙に書き、封をして提出せよ」と締めくくった。すでに机の上に、紙と封筒が用意されていた。

この四十七戦隊でのようすは、第二中隊に所属した元中尉、伴了三《ばんりょうぞう》さんの回想による。十飛師隷下の飛行第五十三戦隊付および第二百四十四戦隊付だった元操縦者たちからの、類似内容の証言があり、伴さんの記憶の正確さを裏付ける。

空対空特攻隊の準備は、敵機が関東の空に侵入する半月前に始まっていたのだ。

「希望」か「熱望」か

応召で入隊した初年兵のうち、中学校卒業以上の高学歴を有し、配属将校から軍事教練の合格を認められた者から選抜して、予備役将校に任じるコースが甲種幹部候補生制度で、幹候あるいは甲幹と略称された。士官学校出身の現役将校に比べ人数はずっと多く、尉官の過半を占めた。

広島高等工業学校を卒業して昭和十七年十月に入営。幹候九期生に選ばれた伴青年は、騎兵学校で戦車兵教育を受けるが、途中で航空転科の募集に応じた。薄い装甲の戦車は一撃でやられてしまう、それならいっそ好きな飛行機で死のう、と思ったからで、幸い希望は容れられた。

幹候七〜九期の航空転科組七九九名は、新制度の特別操縦見習士官と同じ時期に、同様の教育を受けた。その半分以上の四二四名が九期で、十八年十月から大刀洗《たちあらい》飛行学校・菊池および木脇教育隊、宇都宮飛行学校・黒磯教育隊に分かれ、九五式一型練習機により基本操縦教育を受けた。

菊池教育隊で九五練を学んだ伴見習士官は、満州・錦県の第二十六教育飛行隊で九九式高等練習機と九七式戦闘機に搭乗。二十六教飛での基本戦技教育が終わりに近づいた十九年七月一日付で、少尉に任官する。

二式二型戦闘機丙型の操縦席におさまって、酸素マスクを装着した飛行第四十七戦隊・富士隊付の伴了三少尉。

同期三名で四十七戦隊に着任したのは八月初め。戦隊では第一中隊を旭《あさひ》隊（当初は日向《ひゅうが》隊）、第二中隊を富士隊、第三中隊を桜隊と名づけ、主にこれら別称の方を用いていた。

補習班に入れられた伴少尉らは、一式二型戦闘機「隼」で実用機になじんだのち、各中隊に所属して二式戦「鍾馗」の未修飛行（操縦訓練）にかかった。

通称の二式単座戦闘機を略して「二《に》単《たん》」、あるいは試作名称キ四四から「よんよん」と呼んだ二式戦は、二中隊長・真崎康郎大尉から「以前は四〇〇〜五〇〇時間飛んでなければ乗せなかった」と聞かされた難物機。高翼面荷重ゆえに、着陸速度一九〇〜二〇〇キロ／時、接地速度一六五キロ／時（ともに四十七戦隊での基準値）で持ってこないと、失速を招き墜落してしまう。総飛行時間が百数十時間の伴少尉にも、恐ろしい飛行機に思えた。しかしいったん乗りこなせば、一式戦にはない操舵へのすばやい反応が小気味よく、プラスの評価へと変わっていき、二ヵ月ほどで未修を終えられた。

空対空特攻隊の希望者が募《つの》られた十月なかばが、ちょうどそのころだった。操縦者たちが参集した将校食堂へ話をもどそう。

伴少尉は考えた。「B－29は必ず来る。師団長が体当たり攻撃を決心している以上、誰かが死なねばならない。将校は率先垂範と教えられた。下士官にやらせるより、末端の将校ではあるが自分がやるべきだ。父母の世話は兄弟がしてくれよう」

数分で意を決し、紙片に「熱望」と書いて提出した。前後して皆がつぎつぎに差し出した。

特操一期は幹候九期より少尉任官が三ヵ月遅い。満州・興城に本隊がある第二十七教育飛行隊から、九月に着任した吉村實《みのる》見習士官は、十月一日付で少尉に進級した。

吉村少尉は空対空特攻の意思表明に対し、「希望する」で応じた。一人っ子で親の面倒をみねばならなかったからだ。「親を看取る必要がなかったら？　どうしたか、今となっては分かりませんね」と吉村さんは率直に答える。

同じく特操一期出身だが、飛行第一戦隊から転属してきたため遅れて着任した一樂《いちらく》節雄少尉は、着任の前あるいは直後だったからか居合わせなかったようで、このときの集合が記憶にない。一樂さんがはっきり覚えているのは、翌年一〜三月に同様のかたちで要求された対艦特攻への意思表明についてだ。

「希望せず」は論外。「熱望」か「希望」かを決めかねた一樂少尉は、まず「望」とだけ書いて考えた。学生から将校にしてもらったのだから、と「熱」を上に書き加えた。このとき彼は、妻帯者の下士官が「『希望』としか書けなかった」と言うのを耳にした。

対空特攻も対艦特攻も、相対した操縦者の懊悩《おうのう》、苦痛は変わらない。命じる側と命じられる側の心理には大差があっても。

Ｂ－29に突進

十月下旬、戦隊長が老練な下山登《みのる》中佐から、一五歳も若い奥田暢《のぼる》少佐に代わった。それとは比較にならない大きな変化が十一月一日に生じた。午後一時すぎ、Ｂ－29の写真偵察機型のＦ－13が単機、高度九八〇〇メートルの高空を関東地方に侵入したのだ。この日の当直戦隊だった四十七戦隊は、ただちに出動。他部隊もあとに続いたが、高度を一万二〇〇〇メートルに上げて洋上へ離脱していく敵機に追いつけはしなかった。

Ｆ－13は十一月五日と七日にも関東偵察にやってきた。七日は事前の発見情報もあり、十飛師司令部は面目をかけて隷下、指揮下の各部隊に全力出動を命じた。第三〇二《さんまるふた》海軍航空隊も加わって捕捉をめざしたが、未知の高高度を飛びすぎるＦ－13に一指も触れられず、取り

対B-29特攻隊員と戦隊幹部。前列左から永崎隆良伍長、坂本勇曹長、戦隊長・奥田暢少佐、鈴木精曹長、見田義雄伍長。後ろに中隊長３名が立つ。

逃がした。

飛行師団長・吉田喜八郎少将（少将なので正確には師団長心得《こころえ》）が隷下部隊に四機ずつの空対空特攻隊の編成を命じたのは、七日の邀撃《ようげき》後、同日のうちである。

事前の準備はすでに、三週間前の操縦者たちの意思表明でなされていた。高度一万メートルまで五〇分前後もかかる上昇力と、高高度での緩慢な飛行特性を高めるため、特攻用機からは機関砲、防弾鋼板を外し、鉄製の酸素ビンをアルミの酸素発生器に変更。燃料タンクの防漏《ぼうろう》用ゴムまではがして、一五〇～二〇〇キロの軽量化がなされた。

機首砲を残したのは三式戦の飛行第二百四十四戦隊だけ。四十七戦隊の武装皆無の二式戦に搭乗する特攻隊員は、旭隊から永崎隆良伍長、富士隊から鈴木精曹長、見田《みた》義雄伍長、桜隊から坂本勇曹長が選ばれた。全員下士官で隊長はおらず、小隊編制をとらなかった。また特攻隊だけ離れてすごすことはなく、各隊のピスト（控《ひか》え所《じょ》）で一般隊員とともにいた。

マリアナ諸島の第21爆撃機兵団による日本内地への初出撃は、十一月二十四日に東京都下の中島飛行機・武蔵製作所を目標に実施された。小笠原諸島の監視哨から通報を受け、十飛師の各部隊は午前十一時すぎから出動を開始。

成増飛行場では各ピストのスピーカーから「特攻隊出動」の命令が響いた。まっさきに特攻機が離陸し、指定高度一万一〇〇〇メートルをめざす。あとを追う通常攻撃の二式戦は、一万メートルに待機と定められていた。

軽装備で単機のF－13のような超高空を飛ぶわけにはいかず、東京上空のB－29編隊の高度は八二〇〇～九八〇〇メートル。それでも六〇メートル／秒のジェット気流に抗《あらが》いながらの邀撃は苦しく、二時間五〇分にわたる戦闘で十飛師が報告した合計戦果は撃墜五機、撃破八機。対する損失は六機で、うち一機が四十七戦隊の特攻・見田伍長だった。

B－29の実際の損失は二機だけ。うち一機（第497爆撃航空群機）は、四機編隊で洋上へ離脱したところを、二機の日本戦闘機に襲われた。その一機は右後方からまったく射撃せずに迫り、右水平尾翼に激突。敵味方二機とも落下傘は出ず、日本沿岸から二〇キロの海中に突っこんだ。

銚子沖五キロまで敵を追った見田伍長機が、B－29に体当たりし火に包まれて墜落、敵機

上：成増飛行場で離陸に向けて滑走する空対空特攻隊の二式戦二型。風防の下に「山鹿流陣太鼓に羽根」の特攻機マークを描いている。下：最初の特攻戦果をあげて戦死した見田伍長（戦死後に少尉）への感状授与のため、第十飛行師団長心得・吉田喜八郎少将が成増に来て四十七戦隊員に訓辞中。

も落ちていくのを、編隊を組んだように同航中の山家《やんべ》晋治曹長は眼前に目撃した。

この状況は米側記録と一致する。B－29僚機の報告ではぶつかったのは三式戦とされるが、これは付近の空域にいた二百四十四戦隊の四宮《しのみや》徹中尉機を見ての思い込みだ。見田機の攻撃なのは間違いない（「空と海で

いった。

第十二期少年飛行兵出身、弱冠十九歳の伍長は肉体を弾丸に代え、任務を全うして散って

特攻二回」参照）。

死なねばならない意識

十一月二十四日の初来襲を阻《はば》めなかったことから、吉田師団長は即日、特攻機を各戦隊八機に倍増することを決めた。

この夜、隊内の将校宿泊所で碁を打っていた伴少尉のところに、戦隊長副官を務める同期の田中次男少尉が珍しく顔を出し「師団から特攻隊を二個小隊作れ、と言ってきたぞ」と語りかけた。二十五日付の命令を内々に教え、小隊長に伴少尉が選ばれたのを、同期のよしみで言外に匂わせにきたのだ。

二式戦の未修を終えてまもない自分が指名されるだろう、と伴少尉は寝床で予感した。翌朝、富士隊ピストに近づくと、整備兵たちが彼の二式戦から機関砲を外している。予感の的中が分かり、戦闘機乗りのプライドが崩れていくように思われた。

ピスト内の将校室で中隊先任将校の吉沢平吉中尉が、伴少尉に幸萬壽美《ゆきますみ》軍曹を下士官室から呼んでこさせ、二人をならべて「実はなあ、俺がなりたかったんだが、お前らが特攻隊になった」と低い声で伝えた。言いにくそうな表情は、吉沢中尉の誠意の表れだった。

戦死の確定を知り、それでも冷静に「はい」と声を押し出した少尉だが、幸軍曹の「はい、やります」という明快な返事には驚かされた。二人は大分の同じ村、同じ小学校の出身で、幸軍曹が一級上という奇遇の間がらだ。

昭和十四年入隊、工兵から第九十一期操縦学生に選ばれた幸軍曹の、操縦歴は二年。平均キャリアの低下が著しい十九年末の時点では、すでに中堅の域にある。性格は剛毅、勇気ある人物と伴さんは評価する。

百中百死の対艦特攻とは違い、B－29に激突後に生還できる可能性はいくらかあっても、結果としてそうなるだけで、前提の死を覚悟した肉弾戦法に変わりはない。

特攻用の二式戦二型に乗った幸萬壽美軍曹。頭当ての穴は、主脚出入用の警報ブザーをはずした跡。特攻機マークがはっきり分かる。

現実に特攻隊員の指名を受け、生存の道が閉ざされると、伴少尉は四〇日前に「熱望」に決めた気持ちとは異なる感慨に襲われた。四周が索漠とした世界に一変し、食事の楽しみも消え去った。同室の友も別世界の人で、話をするのも疎《うと》ましくなった。

二十三歳の若者の当然すぎる心境を、親族ひいては国民と、国土を敵手から守る意義ある死と結論づけて、脳裡でねじ伏せたのだった。

もう一人の特攻小隊長は桜隊の杉本信雄少尉。桜隊に所属した一樂少尉は、同じピストで

すごす杉本少尉、坂本曹長にいくばくかの遠慮を感じた。機関砲でわたり合っての戦死すら望めない彼らの立場を慮《おもんぱか》ったからだ。桜隊長・波多野貞一大尉は「機関砲の弾丸《たま》を撃ちつくして当たるようにすればいいのになあ」と、対空特攻の無慈悲を批判した。

エンジンをもぎ取って

伴少尉の特攻出動の機会は、二日後の十一月二十七日に訪れた。二十四日の初陣は吉沢中尉の僚機として八王子上空に待機したが、今回の乗機は機関砲なしだ。しかし覚悟はできていた。

二十七日は完全な曇天で、出動した戦闘機は張りつめた分厚な雲を突破できずに終わった。少尉もおぼろな太陽をめざし雲層に挑んだが、機の姿勢をつかめなくなり急降下。雲底から出てなんとか立て直し、成増に帰ってきた。

十二月五日付で第二震天隊と命名された四十七戦隊特攻隊は、昭和二十年が明けてすぐ、一〇機一個隊の編制に変わり、旭隊の先任将校・松崎眞一大尉が隊長を命じられた。伴少尉と杉本少尉は小隊長はもとより、震天隊員も免じられ、通常攻撃操縦者に復帰した。重い心理から解放されたのである。

下士官の震天隊員はそのまま残留した。伴少尉と縁浅からぬ幸軍曹の決戦の時は、一月九

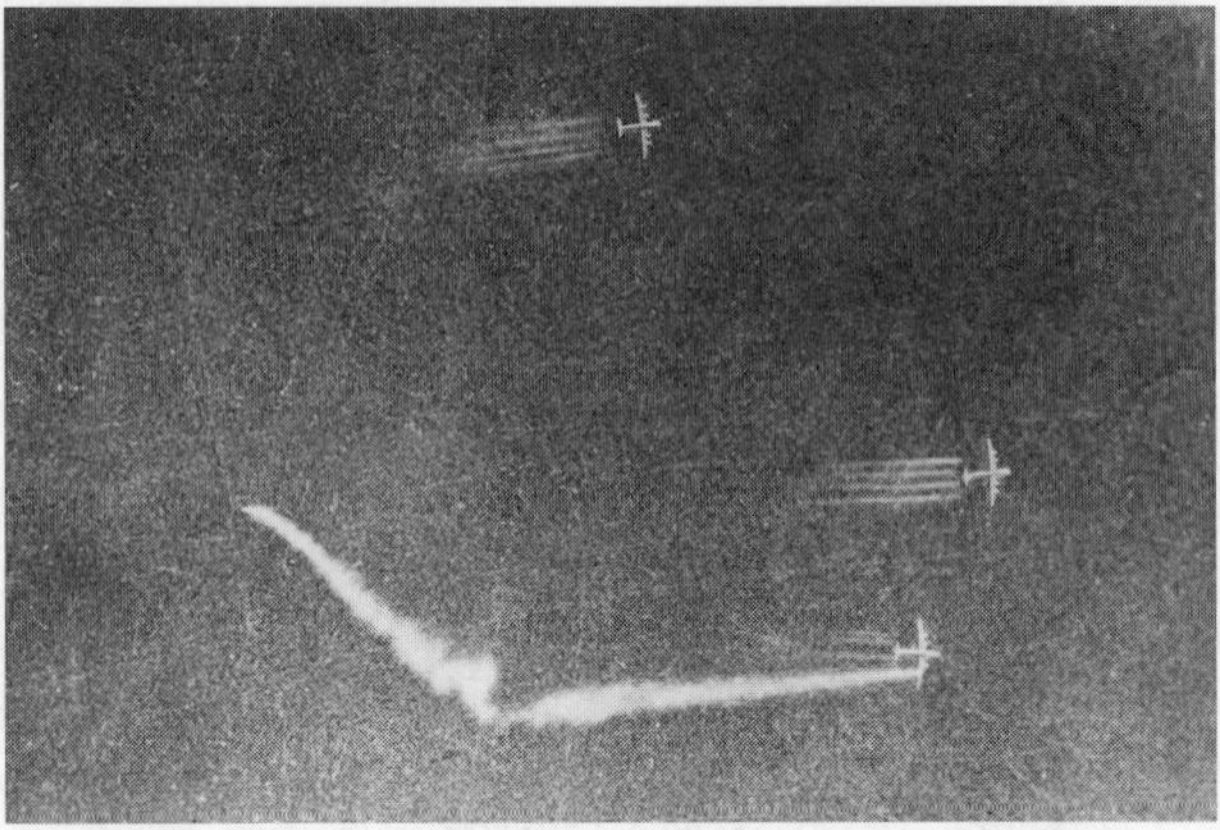

昭和20年1月9日に幸軍曹は成増上空でB-29への体当たりを敢行した。エンジンをちぎられて太い白煙を噴く敵機から、幸機が左上方へ離れていく。

日に訪れた。

中島飛行機・武蔵製作所を目標に、高度八八〇〇～一万五〇〇〇メートルの高空を東京上空にいたったB－29群は、またしても猛烈なジェット気流に翻弄《ほんろう》され、編隊の維持も容易でなく、照準がままならなかった。迎え撃つ戦闘機にとってはなおさらで、強風に乗って異常に速い超重爆の捕捉は困難をきわめた。

射撃照準器から主脚警報ブザー、ネジ類一本まで、余計な部品を外しつくした軽量化機を駆る幸軍曹は、成増あたりの上空、高高度に占位していた。迫りくるB－29梯団一一機の、左端の機に狙いを定める。

「幸軍曹ただいまより体当たり！」

訣別《けつべつ》の声を無線機で送ると、まっしぐらに降下し、左翼外側の第一エンジンに乗機をぶつけた。

この特攻攻撃は成増飛行場からはっきり望見できた。炎の飛礫《つぶて》と化して墜落する二式戦。エンジンがもげた箇所から白煙を噴き、速度を落としたB-29は、もはや好餌《こうじ》だ。他の戦闘機編隊の射弾を浴び撃墜された。

燃料を使いきって着陸した通常攻撃の伴少尉機に、機付の整備兵が駆け寄ってきた。「幸軍曹殿が体当たりされましたっ」

少尉は悲痛な思いにとらわれ、真摯《しんし》だった彼の戦死を悼《いた》んだ。運命の糸がわずかに縺《もつ》れたら、それは少尉の死だったかも知れない。

空対空特攻を命じた吉田第十飛行師団長は、二十年三月に中将に進級。同時に、新編の第十三飛行師団長に補任されて大陸・漢口へ転じ、敗戦後は南京から帰国して平和な年月をすごした。

命じるだけで実戦に加わらない上級者の、主要な任務の一つは、責任を負うことだ。けれども吉田元師団長と彼を補佐した元幕僚が、震天隊戦死者に詫び自決したのを寡聞《かぶん》にして知らない。彼らと震天隊員のどちらの生命が重いかは、筆者には歴然であるのに。

桜弾《さくらだん》未遂
——重爆特攻の空中勤務者たち

ようやく航法を重視

東京で電機会社に勤めて一年、当時十八歳の前村弘さんが、入隊すれば即一等兵で下士官要員、のキャッチフレーズと、「飛行機に乗れるかも」の期待に惹《ひ》かれ、第一期特別幹部候補生（特幹一期と略称）を受けたのは昭和十九年（一九四四年）一月。徴兵年齢のくり下げで、どうせまもなく入営なのだから、妥当な判断ではあった。

特幹一期の受験資格は満十五～二十歳で、中学三年修了またはそれに準じる学力がある者。二年間の現役服務ののち、予備役に編入する。航空、船舶、通信を職域とする下士官の、早期補充をもくろむ短期現役制度だ。

前村青年は首尾よく合格し、四月二十日に浜松の第七航空教育隊に入隊、飛行機整備をひととおり学ぶ四ヵ月の基礎訓練を受ける。階級は公約どおり一等兵で、襟章《えりしょう》の横に下士官候補生を示すバッジ（座金《ざがね》と呼んだ）が付いた。以後、半年ごとに進級し座金付きの兵長まで上がっていくが、呼称はつねに候補生だった。

基礎訓練が終了ののち、空中勤務者の募集があって応募する。学科、適性試験、身体検査で前村候補生の評点は、わずかな色弱ゆえ目だけが乙、ほかは全甲だから、当然合格者に選ばれた。

空勤すなわち操縦者と思いこんでいたのに、指定されたのは航法分科。操縦分科四〇〜五〇名の合格者に対し、航法は一五〇名を数えた。人数の多さが、特幹のこの職に対する必要度の高さを示していた。

地上戦への協力が主務なので、操縦者の目視と地図に頼る地文《ちもん》航法を主とし、補助手段として無線航法を用いる程度の陸軍航法では、島嶼《とうしょ》と洋上が主戦場になった戦争中盤以降は苦しく、遅まきながら本格的な航法教育を、十八年に満州の白城子《はくじょうし》飛行学校で開始。十九年二月以降は宇都宮に移し、六月から宇都宮教導飛行師団においてテンポに拍車がかけられた。

八月二十日ごろ宇都宮教飛師に入校した前村候補生たちの、正式呼称は昭和十九年度第二次召集下士官学生。二召下《にしょうか》と略称された彼ら一五〇名は、一式双発高等練習機で鹿島灘沖へ飛んで訓練にはげむ。爆撃照準眼鏡による偏流測定、六分儀や天測図を用いた天測航法、それに旧来の無線航法の三種類である。

四ヵ月後の修了時には「陸軍版偵察員」と呼び得るだけの航法能力を、二召下の面々は身につけていた。そのうちの前村候補生ら一〇名は、十二月下旬に飛行第六十二戦隊への配属を命じられ、茨城県の西筑波飛行場に着任した。

特攻、避けられず

昭和十四年に編成の飛行第六十二戦隊は、緒戦時の南方進攻作戦に従事し、ついで大陸・華中方面に転戦した。十七年夏から十九年初めまで北海道で訓練をかさね、この間の十八年晩秋に九七式から百式重爆撃機「呑龍《どんりゅう》」に機種改変。十九年春の三ヵ月間、ビルマからインパール作戦支援の爆撃を続けた。夏から秋にかけてモロタイ島空襲など西部ニューギニア方面で戦ったのち、フィリピン決戦に加わってレイテ島へ出動し、再度のモロタイ空襲も実施した。

東部ニューギニア方面を除けば、陸軍の主戦場をすべて巡っている。開戦後十九年末までの三年間に、戦隊長二名と中隊長六名が戦死。全重爆部隊のうちで最高のこの幹部戦死者数が、六十二戦隊の活動の激しさを端的にものがたる。そして実は、敗戦までそれが継続されるのだ。

機種改変と戦力回復をかねて、十九年十二月中旬以降、サイゴンから逐次の内地帰還が進められた。明けて二十年一月初め、第二中隊長・伊藤忠吾大尉らが東京・福生《ふっさ》の航空審査部で、新装備機である四式重爆撃機「飛龍」の未修訓練（慣熟訓練）を開始する。

昭和20年２月、積雪の飛行場で格納庫前に置かれた飛行第六十二戦隊の四式重爆撃機「飛龍」。側面形が高性能を思わせる。

他部隊の多くでもそうだったように、六十二戦隊では「飛龍」の名は知識としてあるだけで用いられず、「四式重」「四式重爆」も使用頻度がごく少なく、たいていは試作名称のキ六七から「ロクナナ」と呼ばれた。ただし本稿では分かりやすさから、原則的に四式重爆と表記する。

六十二戦隊の四式重爆未修が審査部で進む間に、人員も充足していき、西筑波飛行場に陣容が整ったのは二十年一月下旬。前村候補生らは一ヵ月のあいだ、訓練本番の始まりを西筑波で待っていたわけである。

候補生らと同じころに西筑波に着任した補充要員の福本義夫中尉は、昭和十五年入営の歩兵から、予備役将校コースの甲種幹部候補生に合格。航空に転科して整備と射爆を学び、航空本部に勤務ののちの転属で、六十二戦隊では射撃を特業（専門担当業種）とした。

「初めにロクナナが二機ほど来るまでは（旧機材の）百重で教育していました」と福本さんは回想する。四式重爆の強制冷却ファンが発する金属音が聞こえてきたとき、「うわーっ来たぞ！」と西筑波に歓声が上がったという。

百式重爆へのぱっとしない評価に比べ、四式重爆は格段に好評だった。「飛行特性は戦闘機なみ、操舵の安定性に優れ、驚異的に向上した優秀機」と手放しにほめる操縦者もいたほどだ。

浜松教導飛行師団で九七重爆と百式重爆を未修し、二月に着任した第一期特別操縦見習士官出身の学鷲・工藤仁《あつし》少尉は、ベテラン下士官に四式重爆の手ほどきを受けた。

「百重は乗りやすいと思っていたが、全然違う。圧倒的に軽い感じの四式重は、機動も楽」だった。

だが機材の補給ははかどらず、新人操縦者の技倆アップに苦慮する戦隊長の石橋輝志少佐は、出頭命令を受けて、二月二十一日に大本営陸軍部の作戦課飛行班に出向いた。対応した士官学校後輩の班員は「六十二戦隊を特攻部隊に指定します。その編成訓練をしていただきたい。目標は近海に来《きた》る機動部隊であります」と述べた。

比島戦の末期に第五飛行団の二個戦隊が百式重爆の菊水隊を出して以来の、重爆特攻である。特攻による戦局挽回の時期はすぎ、出撃は犬死につながる旨を答えて、通達を拒否した石橋少佐は、三日後に

身だしなみに無関心な実戦派戦隊長・新海希典少佐。

更迭《こうてつ》された。

後任戦隊長は新海希典《しんかいまれすけ》少佐。四ヵ月前、浜松教導飛行師団で編成の九七重爆編隊による、サイパン島のB－29基地夜襲に成功した、不言実行タイプの指揮官だ。同時に六十二戦隊は、本土方面の実戦部隊を束ねる第六航空軍司令官の隷下《れいか》に編入され、機動部隊攻撃用の第三十戦闘飛行集団司令部の指揮を受けて戦う。

すなわち同集団の戦闘機に掩護《えんご》される特攻部隊として、出撃待機に入るのである。

敵空母いずこに

昭和二十年三月十日ごろ六十二戦隊は大分基地に移動し、海軍の指導のもと跳飛弾《ちょうひだん》攻撃の訓練にかかった。

跳飛弾攻撃、海軍で言う反跳爆撃は、海面すれすれまで降下し這《は》うように目標艦に接近。特殊爆弾を海面でスキップさせ、舷側にぶつけるのだが、その跳飛弾は実用されておらず、実際には特攻攻撃時の突入訓練だった。一中隊長・岩本安政大尉機は高度を下げすぎて海面に突っこみ、四名の戦死・戦傷死を出している。

九州南東海域に現われた米第58任務部隊の、空母群を発艦した搭載機は、三月十八日の早朝から夕方まで九州中南部の航空施設に襲いかかった。大分基地も例外ではなく、掩体壕《えんたいごう》に入れるのが間にあわず、敵機の銃爆撃を食らって過半の四式重爆を喪失。宿舎も荷物も焼け

３月18日、九州を襲った第58任務部隊の「エセックス」級空母に対する日本軍の航空攻撃。被弾した機が火炎に包まれる。

てしまった。

もはや訓練どころではない。翌日も来襲する公算が大だから、徹夜の整備でようやく可動四機を用意し、十九日の未明に西筑波へ向けて飛び立った。補充機を得ようと三菱第九製作所（熊本）へ飛んだ三中隊長・米田主登大尉機は、山にぶつかって全員が殉職した。

三月十八日の空襲のさなかに東京の六航軍司令部へ出向いた新海戦隊長は、特攻機出動命令を受けて、翌十九日の朝に西筑波に帰隊した。

大分基地から西筑波にもどって、一時間がすぎた午前十時、空中勤務者（空勤と略す。海軍の搭乗員に同じ）たちは時ならぬ集合命令で控え所《ピスト》前に駆けつけた。部隊幹部はすでに集まっていて、いつもと違うムードである。

航法担当の橋本清治見習士官が前村候補生のそばに来て「初陣《ういじん》だぞ。三浦中尉殿が隊長で出撃する。中尉殿と同乗の呼吸が合ったお前に、行ってもらうことになった」と激励した。架上の黒板には、機動部隊の位

西筑波飛行場のピスト前に出撃機の機長が集まった。右で背中を見せるのが特攻隊長・三浦忠雄中尉。架上の黒板に「攻撃ハ特攻トス」と書いてある。

置説明の次に「攻撃隊〔攻撃ハ特攻トス〕」と明記されている。冷たいショックが候補生の身体をつらぬいた。

彼の階級章はいまだ上等兵。実戦部隊の空勤は下士官以上、との原則からすれば、搭乗区分から外されて然るべきだが、下士官候補生の座金がそれを阻《はば》んだ。

編《へん》組《そ》つまり出撃メンバーは別掲され、各中隊から一機ずつの計三機（各機六名搭乗）で、特攻隊長機たる一番機の機長が二中隊先任将校の三浦忠雄中尉。少年飛行兵一期生出身の大ベテランだ。

前村候補生は長機の航法を任される重圧を感じた。午前七時三十五分の情報では、敵艦隊の位置は浜松南方一五〇キロ。移動しつつある目標の捕捉は容易ではない。

灰色の四式重の爆弾倉には海軍の八十番（八〇〇キロ爆弾）一発が収められ、懸吊《けんちょう》装置が合わないためワイヤーで固縛してあった。電気信管用の細長い導爆管が機首から突出し、防御火器は機首と後上方の機関砲二門だけ。

両親への遺書を橋本見習士官に託して、前村候補生は機首内の航法席に着いた。午後三時四十分、一番機から順に発進し、戦隊長が乗る戦果確認機が最後に離陸する。

高度七〇〇〇メートルで伊豆諸島を南下。六時、目的空域への到着を候補生から告げられた三浦中尉は、降下を開始し雲中に突入。射撃訓練の経験は一度しかない候補生だが、敵機来《きた》らばと、腹ばいになり「死ぬときは、このままの姿勢で頭から突っこみたい」と念じつつ、一二・七ミリ機関砲の引き金に指をかけていた。

突然、後上方の二〇ミリ機関砲の発射音。機長の「敵機来襲！」の声が伝声管で伝わる。機首の風防ごしに、左前方から迫ってかすめ去る黒い機影が見えた。あたりはすでに暗く、右後方から来る曳光弾のカーブがはっきり分かった。

長機の航法をになう前村弘上等兵。３月19日の特攻出撃前、ピストを背にして。

下に機動部隊がいる、と告げて三浦中尉は五〇〇メートルほどまで高度を下げ、旋回を続けたが、敵影は分からない。

「燃料もないから、（距離的に近い）浜松に帰るぞ。針路は？」

問われても、突入戦死を覚悟していた前村候補生は、目標地点到達後の航跡図を引かないでいた。内心あわてつつ推定で修正を加え「三五六度」と答えたら、やがて浜名湖が見えてきて、はからずも航法担当の面目をほどこした。

二番機と新海戦隊長機は帰ってこなかった。やはり敵機と交戦した三番機の、機上機関・森迪伍長《すすむ》は負傷しつつ、F4U「コルセア」戦闘機の編隊にたかられる戦隊長機を目撃した。米側の記録では、空母「ワスプ」からの第86戦闘爆撃飛行隊のF4Uが、ほぼ同空域、同時刻に海軍「一式陸上攻撃機《ベティー》」二機の撃墜を報じている。これが六十二戦隊の四式重爆だったのは確実だろう。

巨弾機、出撃

沖縄決戦の天号作戦に全力投入の六航軍にとって、唯一の重爆特攻戦力である六十二戦隊は、三月二十日付で軍司令部の直接指揮下に復帰。九州進出を前にした四月上旬、異形の機材を岐阜・各務原《かがみがはら》で受領する。それは「桜弾《さくらだん》」と呼ばれる巨弾を積んだ四式重爆だ。

円錐形か半球形の凹みをつけた成型炸薬の爆発力は一方向に集中する、というノイマン効果を採り入れた、弾丸原理が十七年五月にドイツから伝えられた。陸軍がこれを応用、制式化し多数を実用した兵器に、爆撃機編隊や地上の飛行機群の攻撃に使われた親子式航空爆弾のタ弾がある。

同様の理論による桜弾は、大型艦撃沈を目的にした、直径一・六メートル、重量二・九トンの巨大な爆弾だ。まず六層のコンクリート壁に対して爆発力が実験され、ついで四枚、合計厚さ二一・六センチの鋼板の貫通に成功。航空本部は四式重爆への装着指示を十九年十二月に三菱重工業に示達し、二十年二月に試作機が完成、納入された。

三菱の生産ラインを乱さないために、その後の桜弾搭載機への改修は各務原飛行場に隣接の川崎航空機・岐阜工場（四式重爆を転換生産中）でなされた。その一号機を六十二戦隊が受領に出向いたわけである。同機は極秘とされたため、西筑波ではなく埼玉県松山（熊谷南）飛行場へ空輸されたが、着陸時に軟弱地盤に脚を取られ破損した。

桜弾の重量は、四式重の許容搭載量おおむね一トンを完全にオーバーしており、コクピットの後方、機体の重心位置に設置されたとはいえ、機動時の安定に多分の悪影響をもたらすのは間違いない。また、ラクダの瘤《こぶ》のように大きく盛り上がった収容部は当然、空力的にマイナスに作用する。

六十二戦隊では搭載機そのものを「桜弾」と呼んだ。射撃の福本中尉はのちに、同じ中隊で親しい三浦中尉の案内で、桜弾の操縦席に座ってみた。ふり向くと、椀状に凹んだ赤褐色の巨弾が視界をふさぎ、言いようのない気持ちだ。部隊で技倆トップクラスの三浦中尉が語りかけた。「これを背に負っていては、操縦が苦しい」と。

同戦隊が受領した特攻機はもう一種、十九年九月に製造の「ト号機」がある。二発の八十

大刀洗へ飛ぶ空中勤務者に訓辞する第七代戦隊長・沢登正三少佐。このすぐあとに１番機に同乗し、離陸後まもなく墜死する。４月12日、西筑波で。

番を胴体内と爆弾倉にベルト止めした四式重の改造機で、同じく川崎・岐阜工場で作られ、初の重爆特攻の富嶽《ふがく》隊が装備して比島戦で使われていた。

沖縄をめぐる航空戦がたけなわの四月十一日に出動を下命された六十二戦隊は、翌十二日に全力で西筑波から福岡県大刀洗《たちあらい》飛行場へ向けて発進する。

離陸後まもなく、新戦隊長・沢登《さわのぼり》正三少佐が同乗する一中隊長機が失速により墜落し、全員戦死。加えて、大刀洗での夜間着陸事故で二機、行方不明で一機を失い、部隊の前途に早くも暗雲がただよった。

四月十三日（前村さんの記憶では十五日）、ト号機二機と桜弾一機が鹿屋基地に進出。何度も空襲されて荒れた鹿屋で、あてがわれた掩体《えんたい》に桜弾を入れたら、第七六二海軍航空隊の指揮下にあった飛行第九十八戦隊の隊員が「自分たちの宿舎の方を向いているので、機の向きを変えてほしい」と申し入れてきた。すさまじい破壊力の噂を聞いていたのだ。

鹿屋からの出動は四月十七日の午前七時すぎ。一番機（長・加藤幸二郎中尉）と二番機（岡田一郎曹長）はト号機、三番機（金子寅吉曹長）が暗灰色の桜弾で、搭乗者はいずれも操縦、機関、通信、航法の四名だけ。防御火器はない。ト号機の機首は、透明部なしのソリッドノーズに改造された富嶽隊機と違って、四式重のままの透明風防が残っていた。

徳之島を航過後に南東へ変針、ついで西進して沖縄へ向かう予定だ。今回おそらく唯一の特攻出撃経験者、二番機航法の前村候補生は、見失った一番機をかなたに見つけ安堵《あんど》した。三番機はエンジン不調で発進が遅れたため、機影を見なかった。

目標空域に近づいたころ、二番機はＦ６Ｆ「ヘルキャット」編隊につかまった。前方の一番機も射弾を浴び、白煙を吐いて上昇反転ののち墜落した。岡田曹長のたくみな操縦で超低空飛行を続ける二番機は、ひどく被弾しながらも敵手を逃れ得た。エンジンの変調で再度の索敵はままならず、前村候補生の的確な針路指示により鹿屋に帰ってきた。

この日の米海軍機の撃墜報告に四式重《ペギー》はないが、「一式陸攻《ベティー》」が二機ある。一機は午前九時四十五分、第83戦闘飛行隊（空母「エセックス」に搭載）に所属するＦ６Ｆ－５の戦果で、一、二番機が沖縄へ向けて変針したあたりの空域で交戦。もう一機は九時半、第84戦闘飛行隊（空母「バンカー・ヒル」に搭載）のＦ４Ｕ－１Ｄ「コルセア」が沖縄よりも九州寄りの空域で落とした。後者を桜弾と推定するのは、妥当な判断ではなかろうか。

失われた桜弾二機

被弾と着陸後の空襲で、岡田曹長らのト号機も破壊されてしまった。

失われた特攻機の補充のため、岡田機と淀川洋幸曹長機の二組八名が四月二十四日、四式重の標準機（ふつうの機をこう呼んだ）で大刀洗から各務原にやってきた。受領機は桜弾。格納庫を出入りする他の機とは別世界の異様な外形を、皆あらためて凝視した。

先に整備を終えた機の試験飛行に、岡田曹長らと各務原航空廠の整備二名が搭乗する。偵察席に座った前村候補生は、温室のようにガラス張りの標準機およびト号機と違って、ベニヤ張りで薄暗い機首内に違和感を抱いた。

滑走し出発線まで来たとき、曹長が候補生と通信の田中松次伍長に「降りろ！」と強い口調で命じた。桜弾の弾体は造り付けなので、つねに搭載状態だ。超過荷重に六名搭乗はたまらぬと、試験飛行には用のない二人をはずした、とも考えられる。

離陸から三〇～四〇分もすぎたか、右プロペラを止めた桜弾が飛行場に降りてきた。片発では機体の重さに耐えきれず、高度一〇メートルで姿勢を崩し、滑走路に機首から接地。コクピット部分から折れて、土ぼこりの中に搭乗者と弾体が転がり落ちた。

弾体は、巨大な独楽《こま》が横転するごとく、ゆっくり滑走路を進む。三キロ先まで火の海と伝えられた爆発の恐怖。だが幸い、一五〇メートルほどのところで静止した。岡田曹長ら三名は殉職し、空廠の整備一名だけが負傷ですんだ。

二日後、もう一機の桜弾に六名と部品を積んで大刀洗飛行場への帰途につく。岡田機の二の舞いを避けるため、淀川曹長は各務原の旅館で各人の体重を調べ、重量分布計算をくり返した。けれども、この機が桜弾というのは淀川氏の記憶で、前村さんは標準機かト号機だったと覚えており、なぜあんな計算をするのか不思議だったと語る。いずれにせよ前村候補生にとって、桜弾で沖縄周辺海域へ向かう日は訪れなかった。

六十二戦隊の桜弾と橋本清治見習士官(航法)。機首先端の弧状のラインは鮫の口を表わす。操縦席後方の異様に盛り上がった部分に弾体が納めてあった。

五月の下旬に入るころ、六十二戦隊には桜弾が三機はあり、ト号機とともに、やや離れた秘匿の北飛行場の掩体でサトウキビの擬装が施されていた。

二中隊の工藤少尉が桜弾の一機をもらった。彼の回想では、部隊の空勤全員が特攻要員なのではなく、挙手した希望者のなかから選ばれたという。とはいえ、手を挙《あ》げざるを得ない空気だったのは述べるまでもない。

意外にも工藤少尉は、桜弾の訓練飛行を一度も経験しなかった。「このまま乗っていけ」と言われ、地上滑走しただけなので「操縦できるだろうか」と不安だった。当然の感覚である。殉職覚悟で操縦を手ほどきする者が、いなかったからではなかろうか。

第二次特攻出撃をひかえて五月二十二日に、二日市の温泉で宴会が催された。参加の空勤はそのまま泊まったが、工藤機の通信の山本伍長は帰隊した。

翌日未明、工藤少尉の乗機が放火された。主車輪タイヤと片翼が焼けたから、大修理しないと使えない。温泉からもどってきた面々は驚いたが、さらに驚かされたのは夕方、山本伍長が憲兵に連行されたことだった。

伍長は朝鮮出身者で、軍歌を大声で歌い、張りきり者のイメージがあった。少飛に志願、合格したのだから、かねてより日本への強い反感を秘めていたとは思いにくい。北飛行場建設に働き、そのまま付近に住んでいる同胞の感化を受けたのでは、との説もある。これに、特攻出撃を目前にした切迫感が加わり、乗機焼却の行動に出たのか。

特攻機が大刀洗を発進したのは二十五日の午前六時。沖縄周辺海域の艦船をねらう。一、二番機は桜弾、三番機はト号機だった。桜弾を失った工藤少尉たちは四番機としてト号機を使用。打電担当の山本伍長が欠けたため、突入時は「ツー」の長符、自爆時は「ツツツ」の短符だけを、航法の花道柳太郎候補生が打つ手はずだ。

桜弾の速度は遅く、ト号機はジグザグに飛んで歩調を合わす。南下につれて雲量が増し、降雨も始まって各機は分離。工藤機は目的空域に達したと思われたが、雲にさえぎられて艦影を認め得ず、やむなく攻撃を断念した。

三番機も目標が見つからないまま帰還したが、桜弾の二機は突入を打電したという。しかし、巨弾の炸裂を示す敵側の記録は残っていない。鈍重なト号機よりもずっと低速の桜弾が明るい朝の空で、敵の妨害を受けずに目標に迫れたとは考え難い。

沖縄戦の帰趨《きすう》が定まった六月十三日、六十二戦隊は大刀洗を去って西筑波飛行場に復帰した。この部隊でのみ用いられた桜弾の威力を、ついに知ることなく。

あとがき

二〇〇一年から二〇〇七年（平成十三年から十九年）にかけて月刊誌「航空ファン」に掲載した短編を主体に、特攻に関する一〇篇を取り上げた。海軍四篇、陸軍五篇、陸海軍両方が一篇である。

短篇の取材方針として、航空部隊の隊員ばかりでなく、技術者、生産従事者といった民間人にもスポットを当て、旧軍の航空に関した知られざるエピソードを紹介することに、主眼を置いてきた。そして当事者、関係者への面談や電話、書簡による直接取材を欠かさない。いや、むしろ直接取材をするために書き続けた、と述べるべきではなかろうか。

直接取材重視の理由の第一が、未知の事実の探索にあるのは、お分かりいただけよう。そのなかには、既存の諸資料にくり返し記述され常識化していることがらについて、まったく反する証言を得られるケースも含まれる。また、文献に対する自分の解釈の、浅さや歪《ゆが》みに気付かされる場合もあった。

提供された回想の精度を吟味して、文献と組み合わせ、内容を構成するのが、私の基本的な記述法である。たいていは複数の証言者を求め、正確度を高めていった。知識を得られる期待が、背中を押し続けたのだ。

しかし、相手にとって辛い記憶を聞かねばならないときは、こちらの出足も鈍る。先方に受け入れてもらえる範囲で質問はかさねるが、後味の苦さを味わわざるを得ず、余韻が長く尾を引いた。

最も心が重くなりがちなのが、特攻隊員に指名された方々へのインタビューだった。必死戦法を進んで採り入れ、命令を下した者への、ぶつけようのない憤《いきどお》り。一方的で理不尽な、偏《かたよ》った人選への疑問。死を前提にした、出撃待機のあいだの心境。戦死者への追憶と、生き残ったがゆえの複雑な感情。どの時期を語るにも、取材を受ける側の苦痛の感覚に直結するからだ。

経験を積むにつれ、その痛みをより強く濃く推測する傾向が強まって、「聞かずに済ませられないか」と気後《きおく》れする沈んだ心理で、相手に向き合い、ノートを開いたのを思い出す。

長らく取材活動を続けると、当時の実態をおおよそ把握できるだけのデータが集まり、知識、感性が備わってくる。特攻隊員が置かれた立場がいかなるものだったか、文献で知るのとは異なった実際の苛烈な様相を、かなりな確率で読み取れる気持ちである。

フィリピン戦の中盤以降、沖縄戦の全期間を通じて、一部例外を除き、特攻隊員がいかなる扱いを受けたか。崇高な自己犠牲精神から志願し、あるいは否応なく半強制的に選出され、生への希望を断ち切って前進基地に進出した彼らは、覚悟に見合わないぞんざいな扱いに耐えねばならなかった。

日常化した特攻作戦に、もはや特別な感情を抱かない司令部幕僚や上級部隊の幹部たち。出撃隊員の心情を汲もうとせず、機械的に別盃《べっぱい》の儀式を執り行ない、おざなりの訓示や激励の言葉をかけるだけ。故障や不調でやむなく帰還し、うなだれる隊員に、非難の文句を投げつける。

沖縄戦に投入された第十航空艦隊の練習航空隊は、そのまま特攻配置に甘んじねばならなかった。その一部である宇佐、姫路、百里原《ひゃくりがはら》の各航空隊は、八〇〇キロ爆弾を積んだ旧式機・九七艦攻の特攻隊を串良基地から送り出している。

これら三個航空隊は八幡《はちまん》隊の別称を掲げ、統一指揮のもとに戦った。現存する八幡隊の戦闘詳報の中に、上級指揮組織の参謀、指揮官を痛烈に批判する戦訓所見がある。核心部分だけを、そのまま抜き出してみよう。

「特攻ナレバコソ充分整備セル飛行機ニテ出撃セシメ度《タシ》ト念願スルハ飛行長、飛行隊長ノ切実ナル気持ナルニ拘《カカハ》ラズ、一部指揮官、幕僚中ニハ徒《イタヅラ》ニ数的加減ニ依《ヨ》リ、又「チヨロイ奴、特攻ニカケロ」等放言シ、特攻隊員ヲ「物」若《モシク》ハ消耗品扱ニナス者ヲ認ムル処《トコロ》。如是《カクノゴトキ》ハ特攻

隊員ヲ遇スル途《ミチ》ニ非《アラ》ズ〕

この戦訓所見は、思いつきで適当に書いた個人的作文とはわけが違う。原稿執筆者が八幡隊の幹部であれ飛行要務士であれ、部隊の公式見解として綴られ、功績調査部が受理した海軍の公式書類なのだ。「ちょろいやつ」とはどんな搭乗員を指すのかは知らないが、その種の言葉を平気で発する者が複数いたのは事実に違いない。

続いて、待機する特攻隊員の規律のくずれが書かれている。その原因はいくつか浮かぶけれども、特攻用兵者の責任に帰せられるところが大きい。

特攻隊のほとんどは、海軍は予備学生と予科練の出身者、陸軍は特操、幹候と少年飛行兵の出身者で構成された。率先垂範をなすべき海軍兵学校、陸軍士官学校出身の将校は相対的に少数である。海兵、陸士出身の将官、佐官が特攻攻撃の採用を決め、特攻要員を選び、特攻出撃の命令を下した。そして自分たちの後輩に配慮した（される側が配慮を望まなくとも）傾向は否めない。

こうした高級将校、参謀が、一億総懺悔《そうざんげ》の合唱に隠れ、自己正当化の言葉をならべて戦後を生き延びた例は少なからず存在する。彼らが果たさねばならない責任から完全に逃れ、市民にまじって暮らす異常な事態が見過ごされてきた。

偶然そうせざるを得ない立場にあった、自発的にやったのではない、それを責めるのは理不尽な追及だ、と彼らは言うかも知れない。しかし、どのような立場にあろうと、たとえ理不尽であろうと、責任は果たされねばならない。特攻戦死者は遥かに理不尽な命令に従い、負うべきより遥かに重い任務を遂行したのだから。

私は一九八五年以来、ときには特攻推進者の実名を掲げ、自著にこのことを記述し続けてきた。望んだのは、彼らからの抗議である。それを受けて、公開の討論会を催《もよお》し、連中の非道を摘出するのが願いだった。しかし歴然たる反論は一つも現われず、四十年がすぎ、糾弾《きゅうだん》の対象者があらかた冥土《めいど》へ去ってしまった。そうした状況を迎える前に、もう一歩踏みこんで、土俵の上に引きずり出すべきだったのか。

ここに至っては、非力ながらも新たな原稿を執筆し、既存記事をより正しく改訂して、特攻戦死者の霊やすかれと祈り続けるほかはない。

本書は文春文庫版「特攻の海と空」所載の九篇のうち八編を改訂し、ほかに二篇を加えてある。同書に比べて文章量が増え、精度が高まったほかに、特攻隊と特攻攻撃に関してより多くの状況を知れるだろうと思う。

各篇の思い出、注意点などを列記してみよう。

〔元山空有情《げんざんくうじょう》〕

初出＝「航空ファン」二〇〇六年九月号

元山航空隊の名称が飛行機ファンに記憶されたのは、戦後十数年をへたころから航空雑誌、戦記雑誌にしばしば掲載されてきた、零戦と零式練戦の列線写真のおかげだ。これらの画像は、昭和二十年四月に九州へ向かう特攻機（七生隊《しちしょう》）と制空隊で、多くが沖縄決戦に散華した（「敵もまた祖国」参照）。

だが半年前の十九年十一月に、やはり元山空で特攻要員が選ばれて、十二月にフィリピンへ飛ぶ。現地で彼ら一六名は四分され、二十年一月上旬に別々の金剛隊で死地へ向かった。一六名の到着以前にこの隊名が複数の隊（隊員は元山空からの進出ではない）に与えられているから、元山空に近い金剛山の名をあてたとは決めつけにくい。

残された一連の零戦写真ゆえに、地味な訓練部隊ながら元山空は、特攻に関してかねてより知られる存在だった。しかし隊員選出の様相、彼らの人となり、訓練内容、比島進出後の動きなどは、ほとんど発表されなかった。別に箝口令《かんこうれい》が敷かれていたわけではなく、飛行機ファンが求める、第一線部隊の華々しさや戦闘のきわどさに欠けるためだ。

不明な部分が多かったこの時期の元山空の実情を、市販の刊行物に初めて具体的に描写したのが、この短篇とつぎの「敵もまた祖国」だと思う。

著者が一歳の昭和二十六年に刊行された「神風特別攻撃隊」は、さまざまな意味で特攻隊と特攻攻撃についての得がたい本だ。口絵の後半に「休息中の特攻隊員」とだけキャプションが付いた写真が掲載されている。

これがどこで写され、被写体の五名の搭乗員が誰なのか、分からないままだった。元山空を取材するあいだに、撮影者、同期の三名、親族一名から寄せられた証言で、平成十八年六月にやっと詳細が判明した。それを本書二七ページに記してある。

六〇年以上をへて、ようやく陽《ひ》の目を見たこのケースが、元山空への関心度と知名度を示す測定数値、とも言えるのではないか。

〔敵もまた祖国〕

初出＝「航空ファン」二〇〇五年十二月号

アメリカから日本に留学に来た日系二世が、徴兵猶予《ゆうよ》撤廃で海軍に入り、零戦搭乗のコースに乗って特攻戦死にいたる——すぐに小説のストーリーにできそうな人生を、東京商大の同級生だった杉本一郎さんから聞かされたとき、「本当の話か?」と疑ったほどだ。

元山空でいっしょに訓練を受けた複数の同期生と、母方の実家の浦梅子さんの談話で、まぎれもない事実と分かり、記述に本腰を入れた。ただ一つ、零戦操縦の技倆《ぎりょう》レベルが判然としなかった。これは教官に語ってもらわないと、本当のところは分からない。締切が近づいて、やむなく脱稿した。

ところが、「元山空有情」を入れた文春文庫を、ほかの短篇で取材に応じてくれた小野清《きよ》紀《みち》さんへ送ったら、「松藤大治少尉の担当教官は私でした。同乗したのは週に二〜三回」と思いがけない知らせを受けた。

操作、判断力に優れていたのは剣道の腕があったからでは、と小野さんは話す。「私以上の技倆ではないか、と思いました」の言葉が続いたが、これは旗本の家訓に培《つちか》われた謙譲の精神ゆえだろう。

おかげで不明点を補完できた満足感とともに、思いがけず浮かんできたのは、一九九四年に友人が新書版で出した航空戦記小説のストーリーだ。日米の居留民をもどす交換船で帰国した青年が、搭乗員の道を進み、その過程で偶然によく似たシーンが展開される。

もちろん創作すなわちフィクションで、筋立てに事実を用いたのではない。私が考証やアドバイスの協力をしたこの本は「あの孤島の空」(著・戸並興作)と改題して、NF文庫に入っている。興味を持たれた方はご一読下さい。

〔死地へ飛ぶ「天山」〕

初出＝「航空ファン」二〇〇七年七月号

出撃搭乗員の戦闘状況と身体的被害が、間違って記録された例はときおりある。特に敗戦近いころの混乱と記録の喪失、担当人員の疲労と質的低下、そして続出する戦死者が、それらを惹起《じやつき》する。現在でも対応や書類の不備が、信じがたいミスを生んでいる不様を考えれば、起こり得る過ちとも見做《みな》せないではあるまい。

それでも、とりわけ戦死特攻隊員に関しては、許しがたい錯誤だ。確実に迫る死に、向かってすごす時間の重さ。戦死後によもや、自身の突入が間違って記されようとは、だれ一人思うまい。

伊藤正士一飛曹―京塚司郎少尉―松本傳三郎二飛曹が乗り組む、特攻・天桜隊の「天山」艦攻が、まさしくその少数例だった。体当たりを打電していながら、別部隊の通常攻撃の機と戦闘状況を入れ違えられてしまい、突入未遂の不時着戦死に扱われたのだ。当然の少尉特進および二階級特進は、海軍功績部のミスで通常の戦死進級になされていた。

確実な証拠を得て私はまず、天桜隊・京塚機の状況に「天山」部隊の作戦行動を加えて、沖縄戦の夜間雷撃を書いた。日華事変から太平洋戦争前半までの九七艦攻の戦歴とは、まったく異なる苦闘の連続で、無事の帰投やまれな戦果をつづるとホッとしたほどだ。

松本二飛曹の次兄・傳次郎さんは、飛行予備学生の出身だった。同期生による社会援護局への誤記述通知を手伝うつもりの私は、短篇記事の掲載号を届けたのちに「厚生労働省へ遺族が通知すれば、特攻戦死に改訂できると考えています」と伝えた。

「もう古いことだし、こうして書いてもらったのだから、改訂したのと同じだと思います」

静かな返事を受けて、より正確に読みやすく綴《つづ》ろうと努めた仕事が、いくらかでも天上のペアと残された親族の安らぎにつながった気持ちがわき、心が満たされた。

〔本土に空なし〕

初出＝「航空ファン」二〇〇一年十〜十二月号

複葉羽布張りの中間練習機にまで爆弾を付けて、敵機が群れ飛ぶ巨大艦隊の海へ送りこむ用兵者が、フロートを付けて鈍足であろうと、全金属の水上機に目を向けないわけがない。胴体下に懸吊部がない単フロートの零式観測機は、本来なら運ぶ術《すべ》がない二五〇キロ爆弾を付けられるように改造された。

この機に飛行経験が浅い士官搭乗員を主体に乗せて、九州上陸前後の米艦船への夜間特攻をめざす。重い乗機で、それを可能にするだけの操縦と航法の術力が、鹿島出動の各ペアに備わっていたとは思いにくい。

敗戦直前、内地の昼間の空は、敵機が支配する恐ろしい空だった。果たして目的地に着く前に、四機の零観は全機がＦ６Ｆに撃墜され、この空戦を語れる身体で戦後をすごしたのは、三番機偵察員だった豊崎昌二さんだけだ。

乗機を撃墜したグラマン部隊の資料を求める豊崎さんと面談したのは、あと三ヵ月で二十世紀が終わるころだ。第十四期飛行専修予備学生の異例な隊内生活や、苛烈な空戦体験を聞けたほかに、集めた資料、名簿などを、すぐに貸してもらえたのはありがたかった。

クリスチャンで真摯《しんし》な人となり。豊崎さんの、たゆまぬ調査はその後も続き、新たな資料と情報が私に送られてきた。とりわけ役立ったのは、墜落地点の目撃者および寺院住職、関係施設の人々の証言と、今津町教育委員会有志による仲介だった。これら各方面へ取材の触手を伸ばす余裕を持たない私にとって、なによりの支援と言えた。

十四期予学の搭乗員だった各位の全面的な協力が、きわめて有効だったのはもちろんだ。この短篇のもう一つの読みどころは、十四期予学全体についての内容および特徴と、彼らと七十三期兵学校生徒出身者との接触だ。年齢と社会的経験が少ない者たちから、一方的に制圧される特異な世界を、是ととるか非ととるかの判定基準には、軍隊の価値をいかに評価するかにつながる面があるだろう。

〔絆《きずな》は沖縄をはさんで〕

初出＝「航空ファン」二〇〇三年五月号

内藤兄弟は、兄の祐次さんが水戸高校→東大→海軍第十四期飛行専修予備学生→海軍予備士官→零戦搭乗→特攻昭和隊員→生存。弟の善次さんが陸軍予科士官学校→航空士官学校→陸軍将校→三式戦搭乗→直掩機で代理特攻→戦死。対照的なコースを進んで戦闘機に乗り、特攻が任務の兄は敗戦を迎え、護衛役の弟は特攻散華した。

二人の歩みはどちらも、戦争末期の軍人の典型例と言える。兵役に就《つ》く者にとって望める最高峰の一つが、戦闘機で戦うポジションだからだ。しかし実は似て非なる道のりで、兄弟がなぜ軍に加わり、戦闘機の搭乗員／空中勤務者の日々をどう送ったかを調べていけば、若人と戦争の相関関係を理解できよう。

祐次海軍少尉と善次陸軍中尉はそれぞれ、軍人の生活のなかで小学校時代の同級生と出会い、旧交を温める。四名とも戦闘機に乗るのだが、生存の三名にその両方の時代を取材する私は、近くて遠い、不思議な感覚を味わった。

日本機のプラモデルがたくさん並べてある製薬会社の社長室で、内藤さんは特攻隊員の指名を受けてすごす苦しさを、特には語らなかった。その立場に置かれたのが、むしろ自然であったかのような話しぶりなのだ。出撃待機の日々も、隊長・丸茂高男中尉が彼に苦悩や怯《おび》えの言動を感じていないから、そうした特質を持っていたのだろう。

このあたりを善次陸軍少佐（戦死後に特進）にたずねたら、どんな返答をもらえたか、おおむね予想がつくが興味は深い。

〔一宇《いちう》隊《たい》、突入まで〕

初出＝「航空ファン」二〇〇四年六～七月号

常陸《ひたち》教導飛行師団で編成された第二八紘《はっこう》隊／一宇隊は、初期に編成された特攻隊の一つだ。一二名が爆装の一式三型戦闘機を操縦する。戦場のフィリピンで一一名が出撃して還らず、大庭《おおば》恂一《じゅんいち》少尉だけが生き残って内地に帰還し、通常攻撃の戦闘機操縦者として敗戦を迎えた。

特攻隊に配属された経験をたずねるだけでも、心中を思えば辛い気持ちなのに、その人以外の全員が突入戦死した経過と心境を質問する重さはひときわだろう。だがそんな心労は、当事者の思いには比べるべくもない。

別の航空部隊の戦友会幹事から、大庭さんの存在を教えられたとき、果たして取材していいものか、ずいぶん迷い躊躇《ちゅうちょ》した。平穏な日常にしまいこんだ苛酷な記憶を呼び覚まし、精神的窮地《きゅうち》に追いこまないか。そんな事態にいたらせる権利が、取材者にあるはずはない。かんたんに依頼だけ述べ、拒まれたら詫びて引き下がろう。こう考えて連絡したところ、静かだがはっきりと応諾の言葉が返ってきた。あとは私が質問と言葉を選んで、スムーズに語ってもらえるよう心がければいい。

一度の掲載ですませる予定だった記事は、二回連載に変わった。それだけ大庭さんの回想から得られるものが多かったからだ。記述するうちに、新たな疑問や質問の再確認が生じて、三度、四度と連絡した。そのつど的確な回答をもらえた充実感は、いまも忘れられない。

常陸教飛師で勤務した将校操縦者だった人たちの、特攻についての判断は予想外に確立している。当時の決意はさらに鮮烈だったはずだ。自らは出ないままの特攻推進者たちが、特異な作戦を続けていったのも、もっともと思う。

〈征《ゆ》く空と還《かえ》る空〉

初出＝「航空ファン」二〇〇四年一月号

特攻に出る側からの内容記述ではなく、治療中の操縦者が見た、フィリピン戦末期の特攻隊員の言動を記述した。

海軍の十三期飛行予学に対応する、陸軍の第一期特別操縦見習士官、つまり学鷲出身の藤原一三《かずみ》少尉は、二〇〇〇馬力の重戦・四式戦の訓練を受けて、火急のルソン島に進出。不時着で火傷を負い、飛行を免じられた彼が、デング熱罹患《りかん》の同期生と見た、部隊内で選出された特攻隊員との別れの会話は胸を打つ。

特攻に出る彼らも、同じ特操一期生の出身。送る側と送られる側とでは心境に大差があるはずなのに、淡々として出ていく。精神的動揺、混乱、恐怖をおさめたのちの言葉なのかも知れないが、「皆が行く」「誰もが続く」の思いが援《たす》けだったのだろうか。

崩壊状態の比島航空戦。希少度が高い操縦者を台湾へ空輸する通達が出ても、藤原少尉だけ番が来なかった。翌々日に新着の双発機に乗れるまでの、取り残された怒りと不安は、特攻出撃とは異質の苦痛だったに違いない。

敗戦の詔勅を聴いて溢《あふ》れた、やり場のない感情。これを書くために執筆を続けた短篇だった。

〔空と海で特攻二回〕

初出＝「天と海　常陸教導飛行師団特攻記録」一九八八年五月刊

自分なりに少なからぬ量の文章を書いてきて、市販の雑誌、本以外の出版物に載せた原稿はごく少ない。ちゃんとした航空史の短篇は唯一これだけだ。

かつて常陸教飛師と、そこで編成の飛行第百十二戦隊に所属した操縦者、木村（旧姓・早乙女）栄作さんの要請で、彼が出す自費出版書籍に寄稿した。今回、新版の刊行に合わせて、諸種の増補に努めた。

東京防空の二百四十四戦隊で、B－29への激突をめざす空対空特攻のはがくれ隊（のち震天隊）長を命じられ、その出動待機中に対艦特攻の振武隊長に選ばれた四宮徹中尉。どちらも志願だったようだが、振武隊長任命から二日後にB－29体当たりを実行する。

その後に戦隊を離れ、突入訓練ののち、四月二十九日に南九州から出撃。沖縄周辺の艦船に、夜間特攻をかけて散っていく。空と海、両方への特攻攻撃を一人で実行したのは、陸海軍を通じて四宮中尉のほかにない。

二種の特攻のどちらもが、真に自身の意志だったのか。なぜ異なる必死攻撃に邁進《まいしん》したのか。木村さんは「むごいことをさせる」と批判した。私の思いも同じである。

〔東京上空に散華《さんげ》す〕

初出＝「航空ファン」二〇〇六年十月

同じく東京の成増飛行場を基地とする飛行第四十七戦隊でも、空対空特攻隊員が募《つの》られ、紙片に「熱望」を書いた操縦者のなかから選出された。

十一月上旬の編成時は四機だったのが、下旬には八機に倍増。このとき加わったうちの二名が、学鷲の伴了三少尉と少年飛行兵からの幸萬壽美《ゆきますみ》軍曹で、同じ小学校の出身、学年は幸軍曹が一年上だった。しかし将校と下士官の私的交友は、隊内ではなされない。

震天隊の攻撃は戦死に直結する。伴少尉の懊悩《おうのう》がしだいに深まるのはむしろ当然だった。対して幸軍曹は、体当たり攻撃に疑念を抱かなかった。少しでも高く上昇できるように、乗機の二式戦から飛行に差しつかえない部品を黙々と取り外した。

その後、伴少尉は震天隊員から通常攻撃に復帰したが、幸軍曹は体当たりを敢行し、B－29と運命をともにした。二人の運命の差は、生来の性格のほかに、軍歴の長さと社会的経験の違いがもたらしたように思えてくる。

〔桜弾未遂《さくらだんみすい》〕

初出＝「航空ファン」二〇〇三年十月号

強度の爆発力を発揮するノイマン効果を採り入れた桜弾を、四式重爆撃機の胴体内に納めた特攻兵器。配備された飛行戦隊、搭乗する空中勤務者たちが、どのように感じ、いかに対応したのか、かねて関心があった。

取材を進めて分かってきたのは、桜弾がきわめて扱いにくい存在で、部隊内でも特別視され、搭載重量をはるかに超える重量と、胴体の形状を大きく変える巨大さから、空中安定がひどく不足して操縦者を困惑させた状況だ。飛行第六十二戦隊は特攻指定なので、敵艦を発見すればそのまま突入だった。

桜弾がいかに高性能爆弾であろうと、飛行機が目標まで運べなければ、存在の意味がない。四式重で使うのは、とうてい無理なのだ。桜弾搭載機は沖縄へ向けて二度出撃したが、成果を得られなかった。

参謀本部、第六航空軍司令部、第三十飛行集団司令部の、誰がどのように実戦投入を決めたのか。それを証言で得る手だては、すでに消え去ってしまった。

各短篇に共通して、取材に応じられた方々の敬称を「氏」から「さん」に変えた。どなたも忘れがたく、生前を知る私にはそれがより適切に思えるからだ。ほかの理由はない。

編集上、手がかかりがちな短編集を、今回も藤井利郎さんと小野塚康弘さんにまとめていただいた。適切な対応処理に援《たす》けられた面が少なくない。

この本がより多く読者を得て、特攻隊員を理解する端緒が開かれれば、と願うばかりだ。

二〇一七年十二月

渡辺洋二

ＮＦ文庫

必死攻撃の残像

二〇一八年三月二十日 第一刷発行

著　者　渡辺洋二

発行者　皆川豪志

発行所　株式会社　潮書房光人新社

〒100-8077　東京都千代田区大手町一-七-二

電話／〇三-六二八一-九八九一(代)

印刷・製本　モリモト印刷株式会社

定価はカバーに表示してあります
乱丁・落丁のものはお取りかえ
致します。本文は中性紙を使用

ISBN978-4-7698-3056-6　C0195

http://www.kojinsha.co.jp

NF文庫

刊行のことば

第二次世界大戦の戦火が熄《や》んで五〇年――その間、小社は夥しい数の戦争の記録を渉猟し、発掘し、常に公正なる立場を貫いて書誌とし、大方の絶讃を博して今日に及ぶが、その源は、散華された世代への熱き思い入れであり、同時に、その記録を誌して平和の礎とし、後世に伝えんとするにある。

小社の出版物は、戦記、伝記、文学、エッセイ、写真集、その他、すでに一、〇〇〇点を越え、加えて戦後五〇年になんなんとするを契機として、「光人社NF（ノンフィクション）文庫」を創刊して、読者諸賢の熱烈要望におこたえする次第である。人生のバイブルとして、心弱きときの活性の糧《かて》として、散華の世代からの感動の肉声に、あなたもぜひ、耳を傾けて下さい。